中国书籍文学馆·散文苑

梦想的寒，成功的暖

方益松——著

中国书籍出版社
China Book Press

图书在版编目（CIP）数据

梦想的寒，成功的暖 / 方益松著 . —北京：中国书籍出版社，2014.3
（中国书籍文学馆·散文苑）
ISBN 978-7-5068-3969-3

Ⅰ.①梦… Ⅱ.①方… Ⅲ.①随笔—作品集—中国—当代 Ⅳ.① I267.1

中国版本图书馆 CIP 数据核字（2013）第 305215 号

梦想的寒，成功的暖

方益松　著

图书策划	武　斌　崔付建
特约编辑	陈　武
责任编辑	李田燕
责任印制	孙马飞　马　芝
出版发行	中国书籍出版社
地　　址	北京市丰台区三路居路 97 号（邮编：100073）
电　　话	（010）52257143（总编室）（010）52257153（发行部）
电子邮箱	chinabp@vip.sina.com
经　　销	全国新华书店
印　　刷	三河市华东印刷有限公司
开　　本	650 毫米 × 940 毫米　1/16
字　　数	187 千字
印　　张	15
版　　次	2014 年 6 月第 1 版
印　　次	2023 年 1 月第 3 次印刷
书　　号	ISBN 978-7-5068-3969-3
定　　价	45.00 元

序

李敬泽

"中国书籍文学馆"，这听上去像一个场所，在我的想象中，这个场所向所有爱书、爱文学的人开放，不管是白天还是夜晚，人们都可以在这里无所顾忌地读书——"文革"时有一论断叫做"读书无用论"，说的是，上学读书皆于人生无益，有那工夫不如做工种地闹革命，这当然是坑死人的谬论。但说到读文学书，我也是主张"读书无用"的，读一本小说、一本诗，肯定是无法经世致用，若先存了一个要有用的心思，那不如不读，免得耽误了自己工夫，还把人家好好的小说、诗给读歪了。怀无用之心，方能读出文学之真趣，文学并不应许任何可以落实的利益，它所能予人的，不过是此心的宽敞、丰富。

实则，"中国书籍文学馆"并非一个场所，它是一套中国当代文学、当代小说的大型丛书。按照规划，这套丛书将主要收录当代名家和一批不那么著名，但颇具实力的作家的长篇小说、中短篇小说集和散文集等。"中国书籍文学馆"收入这批名家和实力作家的作品，就好比一座厅堂架起四梁八柱，这套丛书因此有了规模气象。

现在要说的是"中国书籍文学馆"这批实力派作家，这些人我大多熟悉，有的还是多年朋友。从前他们是各不相干的人，现在，"中国书籍文学馆"把他们放在一起，看到这个名单我忽然觉得，放在一起是有道理的，而且这道理中也显出了编者的眼光和见识。

当代文学，特别是纯文学的传播生态，大抵集中在两端：一端是赫赫有名的名家，十几人而已；另一端则是"新锐"青年。评论界和媒体对这两端都有热情，很舍得言辞和篇幅。而两端之间就颇为寂寞，一批作家不青年了，离庞然大物也还有距离，他们写了很多年，还在继续写下去，处在最难将息的文学中年，他们未能充分地进入公众视野。

但此中确有高手。如果一个作家在青年时期未能引起注意，那么原因大抵有这么几条：

一、他确实没有才华。

二、他的才华需要较长时间凝聚成形，他真正重要的作品尚待写出。

三、他的才华还没有被充分领会。

四、他的运气不佳，或者，由于种种原因，他的写作生涯不够专注不够持续，以至于我们未能看见他、记住他。

也许还能列出几条，仅就这几条而言，除了第一条令人无话可说之外，其他三条都使我们有足够的理由对这些作家深怀期待。实际上，中国当代文学的丰富性、可能性和创造契机，相当程度上就沉着地蕴藏在这些作家的笔下。

这里的每一位作者都是值得关注、值得期待的。"中国书籍文学馆"收录展示这样一批作家，正体现了这套丛书的特色——它可能真的构成一个场所，在这个场所中，我们不仅鉴赏当代文学中那些最为引人注目的成果，而且，我们还怀着发现的惊喜，去寻访当代文学中那相对安静的区域，那里或许是曲径幽处，或许是别有洞天，或许是，众里寻他千百度，蓦然回首，那人却在，灯火阑珊处……

序：—梦想的寒成功的暖

　　窗外，已是东北最冷的时节，小兴安岭早已银妆素裹，而那些岭树山云，也已氤氲在雾气之中。零下三十度的夜里，北风拂窗，一路呼啸而过，而室内，却暖暖，一如此刻阅读的心境。

　　电脑上打开的，是南京作家方益松的新浪博客。字里行间跳跃着一颗睿智而灵动的心，他把关于成功与梦想这样复杂种种的话题，讲述得如此动人而直入人心，这在如今漫天飞的励志文中，是极具自己特色而弥足珍贵的。我喜欢这种哲理中带着一丝感动一丝温暖的文字，特别是在这个寒冷的冬季，让我的心里有了一种悄悄的喜悦与振奋。

　　记得之前，与方益松在网上聊天，知道他那里的温度对于我来说，简直是温暖如春，于是，有了一种季节碰撞的震撼，又觉得天遥地远水阻山隔，却能如此静静地说着话，真是一种奇妙无比的感受。就如现在的我看着他的文章，竟让寒夜有了一种春的气息。

　　其实，正式认识方益松之前，就看过他的文章，毕竟，他的文章几乎漫山遍野地开花于各大报刊，《读者》、《意林》上常见其大名。可是，真正专寻他的文章来看，却是因为有那么一段时间，他的一篇叫《蜗牛的壮举》的励志散文频频被转载，那时，随手翻开一本杂志，都会看到这篇极具哲思的文章。于是，开始关注这个作者，才发现，他竟然能把那些励志成功文章写得如此别具一格。在他的文字中，虽然写着别人的故事，却似乎总能体现出他自己的一种情怀，虽然隐约朦胧，却可以感受得到。于是找到他的博客，更进一步地去了解这个人。才发现，他竟然和我同一年代，经历曲折而丰富，用他自己的话讲，是"尝人生磨难，历艰难坎坷"。而如今的他，度尽劫波，事业有成，家庭幸福，而文学的梦想正蓬勃。忽然明白，虽历经万千，可他的梦却从未枯萎过。而那些曾经的过往，曾经的种种，都是一片厚重而肥沃的土壤，最适合梦想生长，开出最美的花朵。

于是，再读那些文章，更能接近他那种情怀。每一篇文字里，其实都蕴含着他自己的一种成长，一种成熟，一种不屈的精神和一种回望的总结。更让人动容的，是那份对理想对生活对生命的一种热爱，或者可以理解成一种希望，而这些，都是从他心里最柔软的角落中流淌出来的，可以感受到他生命里的温度。在他的笔下，每一个成功的人，都曾经历过艰难的际遇，就像我现在身处的东北严寒，似乎连梦想也被冻结。而只要不泯灭了心中的希望，就终会坚冰消融，荡漾成成功暖暖的笑靥。梦想的寒，成功的暖，中间只隔着一颗充满希望的心。

随着了解的深入，对于方益松有了更深层次的认识。他的热情极富感染力，有时，因为生活中的种种原因，心情不是很顺畅，便找他闲聊一会儿，他虽然不讲什么大道理，可是，就在那样的闲聊之中，便会渐渐地融入他那种豁达的心境中，便会烦忧顿忘。于是心底庆幸得友如此，虽水远山长亦如比邻。与他接触时间长了，会觉得从他的身上能得到一种启迪、一种力量，一如看他那些锦绣文章的感受。

在这本集子里，似乎始终贯穿着方益松那种执著而智慧的情怀，如一缕清风维系着天空中每一片白云，又似一园芬芳串联着每一朵摇曳的花。特别是看他所写的那些关于成功主题的文章，除了执著、坚持、忍耐和等待之外，体现得最多的，就是那刹那间的灵感闪现，是那一瞬间智慧的喷发。无论是《给超市装上轮子》，还是《把生意做上月球》，都将那种灵感那种智慧发挥到极致。是的，常常有那样的时刻，一瞬间的闪念如蝶栖花上，如风过柳梢，绽放出刹那的灿烂。更多的时候，人生从这里开始谱写新的篇章，一如从头来过的美好。心静如花，会时时漾起涟漪，即使在最艰难的际遇里，也会相伴星光月色，即使身处绝境，也会用灵动的手，敲开隔壁美丽的天堂。

而更令我欣喜、让我耳目一新的，是集子中一些浅淡且富有韵味的小散文。就像在遍野的花开中一簇簇新绿，掩映着一种别样的意境。比如有两篇关于活着的文字，一篇是《像流水那样活着》，用优美的语言，用清新的意境，向我们展示了一种博大的胸怀，和一种生活的态度。"很多时候，生活需要反思与追问，并且像流水一样，遇深壑而充盈，不断地汇聚、流淌，凝聚厚度与深度，蕴蓄希望，最终走出人生的深潭。"还有那篇《像野草那样活着》，却是于另一个角度，告诉我们平凡的意义，那是一种坚持，那是一种心态。"野草的一生是平凡的一生，但正是这平凡，才决定了它与人无争、与世无争，默默地延续和繁荣。"是的，平凡与平庸之间，只隔着一颗感悟的心。生命，本就是平凡的叠影。像流水百转而不改其志，像野草枯荣而不减其真。

然而，别忘了微笑。因为"微笑是宽容，微笑是含蓄，微笑是鼓励，更是一种动力与支持"。微笑是于从容的心底绽出的最纯净的花，是朝霞满窗，是微风涟漪，是无声的语言，诠释着世间的最美。这是《微笑的力量》中所告诉我们的。风再大也吹不散笑容，微笑着生活，处处花开。

便于微笑中了悟，原来，一路支撑着方益松走过来的，正是那种如流水般的心境，如野草般的坚持，而尽管风雨起起落落，他的脸上的微笑依然。梦想总会遭遇寒冬，而成功却又让人如沐春风，在这本书里，方益松给我们指出了一条由梦想到成功的路程，无论寒暖，心中生长着希望，梦想终会开花，成功也终会到来。

前几天，欣闻方益松先后与《读者》和《格言》两家知名刊物签约，这对于一个作家来说，是一种荣誉，也是一种认可。像其笔下的蜗牛一样，他用自己的执著与乐观，慢慢地攀向了文学的金字塔之巅！

在这个风雪之夜，读罢方益松这本书，遥想六朝古都秦淮河畔，仿佛于无尽的山水之外，看到了他脸上静静的微笑。

包利民

2013 年 12 月 27 日冬于伊春

第四辑
你看到的是牛粪，我看到的是商机

成功就是做最好的自己

　　成功的定义，有时候就是这么简单。无论你身处什么岗位，不要在乎别人如何评价，更没有必要去和别人攀比。成功没有复制，关键是，如何在平凡的岗位中，演绎好自己不为平凡的角色。很多时候，成功，就是做最好的自己。

成功就是做最好的自己

　　一个小男孩，从小父母离异，随着母亲生活。因为生活拮据，一家5口，无论寒冬酷暑，都是挤在一间四面漏风的木板房里，睡的是"上下铺"的高低床，把豉油捞饭当作天下美食。他从小就长相一般，寡言孤僻，似乎和任何人都不合群。小伙伴们都觉得他又脏又不好看，都不愿跟他在一起玩。上学后，他更是备受同学的奚落和羞辱，大家称他为"没有父亲的野孩子"，他曾经一度自认为是这个世界上最不幸的人。

　　读书时，他非常顽皮，好动、贪玩，常常给班级和学校捅娄子，成绩也一直不好。为此，每次的家长会，他的母亲必被请到，俯首弓腰，一边赔着不是，一边接受校长和班主任老师的大声斥责。

　　他对拳击和武术有着近乎狂热的兴趣，几乎每场比赛必看。从小，他练得最多的就是咏春拳和铁砂掌，后来还偷偷练过泰拳。他最喜欢李小龙自创的截拳道，几乎每天勤练功夫，甚至还与其他小孩打架比试，用以切磋武艺。但每一次，不是他被别人打得鼻青脸肿，就是他把别人打得口鼻流血，为此，没少受到母亲的责骂。他曾经渴望做一名像李小龙那样的功夫高手，为此，他瞒着母亲，锻炼了半年，但却因体质较弱，最终没能被体校选中。

他的第一份工作是在一个公司做助理，但因种种原因，他没能继续在那家公司任职。

他在茶楼当过跑堂，在电子厂当过工人，但结果都未能长久。因为他觉得，这不是他想要的生活。

1983 年，他结业成为香港无线艺员。同年，被选派到儿童节目"430 穿梭机"当主持人，这样，一做就是 4 年。当时，有记者写过这样一篇报道，说他只适合做儿童节目的主持人。他把这篇报道贴在床头最为醒目的位置，时时提醒和勉励自己：握紧拳头，一定要创出一番像样的事业，让人们对自己刮目相看！

从此，他充分发挥自己的潜能，痴迷上了演艺事业。从早期的跑龙套开始，他一步一步地迈进了影视圈。但是，在繁星璀璨的香港影视圈，那种竞争何其激烈。所以，最初，他只能扮演一些名不见经传的小配角，有的只能发一个单词，有的只能露半张脸，用他自己的话说，只能勉强混个盒饭。然而，即便如此，对待成功，他从没有选择放弃，也没有去和别人攀比。像他在日记中所写到的：一步一个脚印，努力地做好自己！

有一个真实的个人经历：在片场，他曾扮演一具死尸，大火烧身，在导演没有喊停时，他一直强忍剧痛。这个镜头，后来也出现在他主演的电影中。那种震撼的场景，不仅感动了女主角，也感动了每一位观众。正是由于这种近乎残酷的坚毅表演，使他在圈内逐渐有了名气。继而，他独辟蹊径，赋予自己扮演的角色以幽默俏皮的风格。正是这些看似荒诞不经的"无厘头"表演，以及那种小人物身上的市侩作风和富有正义感的矛盾对立，开创了喜剧表演的先河。

虽然，他最终没有成为李小龙那样的功夫高手，但他却用另一种观众所喜闻乐见的艺术形式，成了一个最出名的喜剧演员，他的名字叫周星驰。20 年前，他是被人呼来唤去的"星仔"，20 年后，他的名字叫做"星爷"，仅《功夫》一剧，他的全球票房就超过了 6 亿港元，开创了香港电影的票房神话。

成功的定义，有时候就是这么简单。像周星驰那样，无论身处什么岗位，不要在乎别人如何评价，更没有必要去和别人攀比。成功没有复制，关键是，如何在平凡的岗位中，演绎好自己不为平凡的角色。很多时候，成功，就是做最好的自己。

卖给你童年的记忆

时光倒溯到 56 年前，他出生在加拿大安大略省的一个中产阶级家庭，一家 5 口，挤在一间简易的木板屋里。

他的父亲是位电气工程师，一个苏联产的老式摄像机，是全家最值钱的东西。他从小就对那个摄像机比较痴迷，14 岁那年，他缠着父亲，学会了独立操作。

在他居住的小城，有几间小型的学校。每天，他都会扛着那台笨重的摄像机，在学校门口看孩子们上学放学。

长大后，他常常会免费给孩子们拍一些玩耍的片段。每次，他一回到家里，父亲都会放下手头的工作，把他拍完的带子分类保管起来。父亲对儿子的爱好从不加干涉，甚至，为了购买价格不菲的录像带，一家人只能节衣缩食，啃干冷的牛油面包，吃菜贩丢弃的烂白菜帮。父亲唯一的要求，就是让儿子记下每一个被拍摄者的姓名、地址以及家长姓名，并且把自己的名片散发给被拍摄的孩子带回家。尽管，他认为父亲的决定实在是多此一举，但为了自己的爱好，他只好照办了。

家里的条件越来越差，与之相反，他拍摄的录像带却几乎堆满了半个房间。这期间，他对电影产生了浓厚的兴趣。

在父亲逝世那年，父亲把他叫到床头，用颤抖的手从枕边摸出四个记录本，告诉儿子，自己没有什么财产留给他，但这几个本子将来或许可以为他提供一些创业基金。

十来年后，一个富商辗转找到了他，提出要用巨款购买自己儿时的一段录像。他这才如梦方醒，原来，在这许多年来，父亲一直默默地为自己提供了一个潜在的创业商机。

他找出那几本已经发黄的记录本，开始逐一联系当年的孩子。接下来的事情完全超出他的想象，只要能联系上的，几乎百分之百都购买了他的录像带。甚至，连时任加拿大总理的特鲁多也不惜重金，从他手里购买了自己童年时的一段录像。

四本发黄的记录本，为他创造了人生的第一笔创业基金。接下来，使他有能力向自己所钟爱的电影事业进军了。

他就是《阿凡达》的导演詹姆斯·卡梅隆。1997 年，他拍摄的电影《泰坦尼克》创下全球票房之最，并因此获得了第 70 届奥斯卡最佳导演奖。美国报纸曾这样评价他："他是一个天才的、无与伦比的、无所不能的大导演。"面对众多的褒奖，他总是谦逊地说，不是那些录像带，或许我现在还在片场扛着摄像机呢。

每个人都有属于自己的童年，但只有用敏锐的眼光，才能从别人的童年中发现并且挖掘出商机。

一生做好一件事

提起查尔斯·舒尔兹的名字，你也许觉得陌生，但若是换一种说法：说他曾经创作了漫画角色史诺比，你就不这样觉得了。你可以不知道隔壁邻居家小狗的名字，但你一定应该知道史诺比。因为，这只叫做史诺比的小狗，以及它的可爱形象，早已在全球亿万人的心目中根深蒂固。

1922年，查尔斯·舒尔兹出生于美国圣保罗一个贫困的小镇。从小，他的成绩就很差，甚至有一次，他的物理居然考了零分。似乎，在所有人的眼里，他充其量就是一个可有可无的人物。但正是从那个时候起，他就对绘画表现出十分浓厚的兴趣。在那个年代，尤其是在教会社会，绘画几乎不受任何人重视。所以，他的父母也一直期望他长大后能做一名救死扶伤的医生，或者是受人敬仰的牧师，但他对此却一直不感兴趣。甚至有一次，他偷偷地一把火烧掉了父亲买来的一大堆医术书。这样，他的父母也拿他没有办法。只能无奈地任由他在稿纸墙壁上乱涂乱画。

长大后，他报名参加了漫画学校的函授课程。然而在求职的时候，由于没有一幅作品得以发表，他被迪斯尼公司宛然拒绝。

曾经有一段时间，他非常孤独，甚至近乎绝望，他把自己关在狭小的房间里，他胡乱涂画的纸团扔满了地面。他甚至主动放弃了几个自己完全不感兴趣的工作，并由此多次受到父母的指责。但即便如此，他也从没有丢弃自己最初的爱好，他期待用手中的画笔来实现自己的所有理想和抱负。

后来，一次偶然的机会，他尝试着画起自己的成长历程。他描绘了一个叫查理·布朗的小男孩，他放的风筝从来就没有飞起来过，他每一次过栅栏都被撞得头破血流，他从来就没有踢好过一场足球……然而，就是这样一个处处充满失败的小人物的凄惨命运，却意外征服了编辑，刊物出版以后，也彻底征服了这家杂志的读者，尤其是他所成功塑造的那只叫做史诺比的小猎犬，黑白相间，而那充满幽默、幻想、睿智和温馨的舞台艺术形象更是深得人心，这使得他的作品很快走进了千家万户。

大半个世纪以来，他塑造的史诺比和查理·布朗等等角色，由于个性鲜明、魅力十足，其足迹几乎遍布全球。尤其是史诺比的卡通形象，更是通过纸质媒体、网络以及舞台表演、动漫节目等各种形式与全世界千百万人成为好朋友，创造了世界漫画史上的奇迹。也正因为此，舒尔兹曾两度获得漫画艺术最高荣誉"鲁本奖"，1978年被选为"年度国际漫画家"，1990年他更是得到了法国文艺勋章和意大利政府授予的"文化成就奖"。

尤其值得一提的是，在美国的登月计划中，阿波罗10号的指挥舱和登月舱分别被命名为"查理·布朗"和"史诺比"，这在全美乃至全球的历史上都是绝无仅有。

鉴于舒尔兹所做出的杰出贡献，美国总统克林顿曾经这样评价他：即使让舒尔兹去经营一家连锁餐厅，他也一定会取得令人瞩目的成功。但舒尔兹不这样认为，在他的传记里，他这样写道："成功没有左顾右盼，成功就是一往无前，充分做好一件事。我充其一生，只做了一件最让自己满意的事情，那就是让史诺比登上了月球。"

只要不跪着，就不会比别人矮

1688 年 5 月 22 日，亚历山大·蒲柏出生于一个罗马天主教家庭。由于当时英国法律规定，学校要强制推行英国国教圣公会，因此他没有上过学。

由于他幼年时期曾患有结核性脊椎炎，造成了难以治愈的驼背，这使得他从小就像一个侏儒（直到成年后，他的身高也没有超过1.37 米），小伙伴们也都把他当作另类，不愿和他玩，由此，他也极度自卑，在童年时期，他几乎完全生活在一个近乎封闭的环境里，他曾一度以为自己是这个世界上最为不幸的人。

他的妈妈看在眼里，急在心里，每天，她都在不停地开导儿子，可以说，对待这个可怜的孩子，妈妈真的做到了百依百顺。蒲柏 9 岁那年，他再一次受到几个孩子的嘲笑和作弄，他们把蒲柏的脸上涂满泥巴，并且说他是这个世界上最丑陋的小孩。蒲柏伤心地跑回家里，一个人躲在自己的房间，放声痛哭。妈妈下班后，很是心痛。但是，妈妈这一次再也没有和颜悦色地劝导他，而是第一次大声对儿子吼叫：任何时候，你要看得起自己，只要你不跪下，你就永远不会比别人矮！小蒲柏噙着泪，看着妈妈，他第一次若有所思。

从此，蒲柏在小伙伴前昂起了头，他不再在乎别人怎么看他，他的生命中第一次开始有了阳光。他开始在家中自学，每天，他近乎疯狂地阅读一切可以看到的书籍。他要像妈妈说的那样，扛不起枪杆和锄头，就拿好手中的笔杆。在 10 岁以前，他自学了包括拉丁文、希腊文、法文和意大利文的大量作品，甚至包括教会的书籍。在他的心目中他有着一个愿望，那就是要做莎士比亚那样的伟大诗人。

1700 年，年仅 12 岁的蒲柏开始发表诗作，从此，他一发而不可收拾，他的作品开始在国内一些主流报刊崭露头角。在十年间，他的作品越来越受到公众的热爱和追捧，这个驼着背的矮小诗人的形象更是一步步为人们所接受。仅仅是他出版的那本诗体《批评论》，其中就有许多名句成为全英国家喻户晓的成语。

从 1713 年起，他开始着手翻译荷马的著名史诗《伊利亚特》和《奥德赛》，他不仅仅是简单地从原著进行翻译，而是根据当时英国时代精神进行再创作，也就是说，在某种意义上，这完全是他的原创作品。这两种译本在英国可以说是大受欢迎，以至于一次次再版还是供不应求，被第一部英语词典的编纂者约翰逊博士称赞为"世界前所未见的高贵的诗译作"。这一系列作品的相继问世，使得蒲柏成为 18 世纪英国历史上最伟大的诗人。

据英国某杂志的不完全统计，截至蒲柏逝世，牛津语录词典中一共收录了 212 条他的作品精辟语录。不仅如此，他的作品还被翻译成很多种文字，并多次获得国际奖项。连时任英国首相的奥福德伯爵也这样盛赞蒲柏：直接和间接影响了英国数以亿万的民众，这就是他对于这个国家的独特和无与伦比的杰出贡献。

无法改变自己的命运，那就必须先改变自己，像亚历山大·蒲柏一样，即使是曾经遭到小伙伴所鄙弃和不齿的侏儒，只要不选择跪下，你也永远不会比别人矮上半截。

一块铁的学问

提起他的名字，好多人也许觉得陌生。但是，他开创的一个大型互联网企业，却家喻户晓，单是那一系列免费邮箱，就给全球亿万网民带来了福祉。不是吗？昔日，寄一封信，要在方格纸上涂涂改改，填邮编、地址，贴邮票、粘信封，繁琐且耗时费力。如今，只要你轻轻拉动鼠标，轻轻点击一下左键，一份祝福、一封邮件，须臾间，即可跨越千山万水，到达对方的邮箱。

他小时候很顽皮，整天在家里摆弄一些电子管件、半导体之类的小玩意。为此，曾多次受到父亲的呵斥。他最大的愿望，就是做一个像爱迪生那样的伟大发明家。

1989 年，他考入中国电子科技大学，其后，因自身原因，与研究生失之交臂。

毕业后，他回了老家宁波，期待凭自己所学的技术，谋一番巨大的发展。在宁波电信局做工程师期间，他向自己的总工提议，在本局开展信息服务业务，最终没有被采纳。

1995 年 5 月，他背上简单的行囊，只身来到广州，做了几个月的临工，后来加盟刚刚成立的广州 Sybase。在一年的时间里，他感觉自己除了整天安装调试数据库外，几乎没有什么进步，于是又一次选择了离开。

1996 年 5 月，他当上了广州一家 ISP 的总经理技术助理。在这家公司，他架设了中国宽带互联网上第一个"火鸟"BBS。然而，好景难长，由于面临激烈竞争，他所在的公司经营惨淡，几乎无法生存下去。一年后，他再一次惨痛失业。

理想与现实，往往有着巨大的落差。在那一段时间，他几乎一蹶不振，他整天把自己关在房间，闭门不出。看着终日垂头丧气的儿子，父亲拿起了一块铁，开导他：同样是一块铁，可以做成廉价的铁钉和螺丝，而磨成锋利的刀具，价格却翻了几十倍，在这许多种用途中，只有把它炼成钢，做成精密的电子元件才最为值钱。父亲的话，似乎有不同的版本，他也不止一次在书上读过，但直到那一天，他才真正领悟到这其间的深刻内涵。

从此，他振作起来。他审时度势，选择了在当时人们还比较陌生的互联网，并率先抢注了"163"等脍炙人口的数字域名。1997 年，在广州淘金路的一间 8 平方米没有空调的房间里，他开创了网易。创业初期，他平均每天工作 16 个小时以上，其中有 10 个小时是在网上，从免费邮箱入手，他一步一个脚印，使网易逐步走上了正轨。

他就是丁磊，网易公司 CEO 兼首席架构设计师。

即便是网易稍有起色后，他仍遭遇了几次巨大的打击。曾有一段时间，公司遭到停牌，运转极其艰难。那时，他最大的愿望就是能将网易成功卖掉，但每每想起父亲恨铁不成钢的话语，他就更加坚定了自己的信心。十年磨一剑，网易，逐步从一个十几个人的私企，发展成为今天拥有近 3000 名员工，在美国成功上市的知名互联网技术企业。1998 年，网易被中国互联网信息中心评选为十佳中文网站之首。其后不久，32 岁的丁磊以 10.76 亿美元的身价荣登福布斯财富排行榜榜首，由此开创了互联网业的神话。

虽然，丁磊最终没有成为一个伟大的发明家，但他却用自己的实际行动告诉人们：不是每一个人都可以百炼成钢，但即使是做一块铁，同样也有着巨大的学问。

上帝只给他一支画笔

从小，他就没有给亲戚朋友们留下好印象：顽皮，好动，不讨人喜欢。但是，他对漫画却有着一种强烈的爱好，4岁时就喜欢涂涂画画。不管是在自己家里，还是亲戚家里，墙壁和家具上，总是被他用铅笔或者水彩笔涂抹乱画，搞得一团糟。

上学后，他更是备受老师和同学们的冷落。他沉默寡言，成绩也总是在全校排名倒数。课桌上、课本上、练习册上，凡是能落笔的地方，都被他画满了各种表情的人物，为此，他没少受到老师的责骂。一个简单的生字，他默写的总是倒笔画，而且张冠李戴、缺胳膊少腿；一篇短短的课文，同学们朗读几遍就可以轻松背诵，而到他嘴里，却总是丢三落四、溃不成军。

从小学开始，每周一次的班会，他的父母总是要被例行请到老师的办公室，面对老师的指责，垂首弓腰、唯唯诺诺。好几次，面对学校的劝说退学要求，母亲都苦苦哀求，甚至差一点下跪，校长才勉强答应让其留下。甚至，即使不是公益性质的假期补习班，他也不断地被辅导老师劝退。

念中学的时候，他像一个皮球一样，被所有的学校踢来踢去，连最差的学校也不愿意要他。为了儿子的学业，父母不得不求爷爷拜奶奶，人前人后，说尽了好话。在这期间，他陆续在装订的草稿纸上画了好几本自己独创的漫画，尽管不被任何人看好。

由于升学无望，再加上为了谋求生计，他不断地变换工作。最初，他在街头卖过水果，后来先后在澡堂干过烧炉工，在电影场卖过票，在肯德基打扫过卫生，甚至在百货站跟车装卸货物。但即使在这一段人生最为艰苦的时光，他依旧没有停下过手中的画笔。

1985年他入伍服役。在军中的每个晚上，熄灯后，他蒙着头，钻进被窝，用手电筒照明，在那种微弱的光线下，他偷偷创作了《双响炮》，并且于同年连载于台湾《中国时报》。由此，也引爆了台湾乃至世界上一波四格漫画热潮，受到众多年轻人和中老年人的追捧，成为台湾漫画界偶像级人物，并且逐渐成为当今漫画界最受瞩目的漫画家。

他的漫画《醋溜族》专栏连载十年，创下了台湾漫画连载时间最长的纪录。其漫画作品《双响炮》、《涩女郎》、《醋溜族》等在内地青年男女中影响极大。并且其多篇作品被制成同名电视剧，受到很多人的喜欢，其收视也一度创下台湾之最。

是的，他就是朱德庸，台湾最著名的漫画家。面对记者的镜头，他曾经坦言，在长达十几年的学生时代，不光是老师和同学们这么认为，即使是他自己也认为自己很笨。无论是国语还是数学，自己居然没有一科的学习成绩能在班上排到中等。直到长大了，他才知道，那是因为自己对文字类和数学类的东西接受和领悟能力很差，只有对图形的东西，自己才特别敏感。倘若不是向着自己所深爱的漫画事业进军，说不定自己直到现在，还在台湾的某个澡堂传毛巾或者在哪个冰棒厂包着冰棒呢。

每个人的心目中都有一个上帝，这个上帝就是你的理想与抱负。很多时候，上帝所给予我们的东西也许并不多。但是，只要我们不把自己看得一无是处，发挥自己的强项，充分挖掘出自己的潜能，那么，即使上帝只给我们一支画笔，也同样可以把生命描画出五彩斑斓的色彩。

上帝只给他一把梳子

1957年，他出生在重庆万州农村。由于家境贫寒，这使得他中专毕业后无法继续自己的学业。

18岁那年，因自制雷管炸鱼，他不慎被炸掉右手，几乎完全丧失了劳动能力，成为村民眼中的无用之人。

1980年，年仅23岁，怀揣梦想的他，独自背负行囊，远走异乡，期待实现诗人和画家的梦想，结局却是几乎饿死街头。

他曾做过民办教师，尝试过开水泥板厂、卖红薯、当贩子卖魔芋块儿、卖中药材等各路活计，但每一次都是因种种原因以失败而告终，还曾经被人当作小偷而抓进了收容所。

其后，他开始转行木雕，但这次转行他亏掉了6万元的全部积蓄。

一次偶然的机会，他得知，在数千种的生活小百货中，唯有木梳最畅销。而在当时，一元一把的塑料梳子几乎充斥了整个市场。他意识到，这个市场缝隙有着巨大的前景。

1993年，他注册了自己的公司，在自家的一个废弃猪圈里，开始了作坊式的木梳制作。很快，第一批纯手工制作的较为粗糙的梳子做出，他和雇来的几个业务员，在街头顶着烈日提篮叫卖，喊了一天，几乎喊破喉咙才卖出了一把梳子。他没有气馁，他把这人生中最为珍贵的两元钱，包入信封珍藏起来。从最初的用锯子、刨刀传统手工打磨到自主研发出机器生产，他只用了短短六个多月的时间就完成了技术革新。

创业伊始，他先后创办数种宣传画册，尽管无任何盈利，却有效提高了产品的知名度。

他的梳子从两元的普通木梳到上千元的象牙梳，有近 2000 个品种。为了不伤及头皮，他把梳齿设计成椭圆和圆柱形。他不断改进产品的原材料和制作方法，使产品更加具有中国传统文化韵味，古朴典雅、用料精细、做工考究。不仅如此，他还根据各种年龄层次的不同需要，设计了黄杨木、桃木、紫檀木等具有保健功能的木梳，更加适应了现代人的保健需求。为了满足顾客的馈赠需求，他还根据顾客的不同留言内容，保证两天内在梳背上刻上文字和图案。这样一来，顾客在他的专卖店里买到的已经不仅仅是一种简单的产品，更多的是则是一种特殊的企业文化。

从创业伊始，该公司就一直秉承了他的这一指导思想和"我善制木"的质量方针。最令业界轰动的一次，由于计划生产上的失误和管理上的差错，该公司一次从仓库里清理出了 15 万把木梳。这些都是技改前的产品，如果按当时的生产成本来计算，其价值至少在100 万元以上。公司全体员工讨论后一致认为，这批产品如果降价处理，照本出售肯定没问题，因为，当时已经有几家厂商和批发商看中了这批木梳，愿以低价格一次性全部收购。并且承诺该批产品可以冠以自己的品牌，质量与公司完全没有关系。思索再三，他还是忍痛做出决定，在一块空旷的地上，15 万把梳子堆成了一座小山，他召集了所有员工，亲自用火把点燃，一把火烧掉了这批仅仅是成本就超过几十万元的梳子。围着熊熊的火堆，公司全体员工都留下了眼泪，有几个女工甚至抱头痛哭，他自己更是泪流满面、声音哽咽。这个近乎悲壮的举动更加坚定了公司要创名牌的信心，也最大程度提高了所有员工的质量意识。一家报刊曾这样形容他：小不起眼，大而无形，他烧掉的仅是一百万，却把一个平淡简单的小产品，做成了一个庞大的王国。

从最初的沿街提篮叫卖到在全国发展 1000 家加盟店，他仅仅用了 10 余年时间。如今，他的公司已发展成为集家具、梳理用品、饰品于一体的专业化跨国连锁集团。2007 年 1 月 18 日，他的公司入选《福布斯》中国潜力 100 榜，并于 2009 年在香港成功上市。尽管，他还是习惯将残疾的右手藏进衣兜，但其身价已高达 4.3 亿港元。

是的，他就是谭传华。一个因脱发而从不用梳子的人，却靠一把把小小的梳子创造了神奇。他一手创立的公司就是著名的谭木匠公司。

成功无处不在，即使上帝只给我们一把看似简单的梳子，也可以把它做出文化和品位，发现商机，这就是成功之真正所在。

成功就是转个身

在全球任何一个国家，你可以不知道美国总统克林顿，但你绝对应该知道这样一个传奇人物——他创立了数千家门店，在每个店的门前，都站立着一位身着白色棕榈装、系黑领结，蓄着山羊胡的老人——那种慈眉善目的形象，早已在人们的心目中根深蒂固。

纵观他的一生，历经失败，沧桑坎坷，且极富有传奇色彩——5岁时，他失去父亲，14岁时便辍学开始了流浪生涯。他在农场干过杂活，当过电车售票员，但都很不开心。

16岁时，他谎报年龄参加了远征古巴的军队。航程中，因晕船厉害，被提前遣送回国。退伍回乡后，他开了个铁匠铺，但不久就倒闭了。

1919年，他应聘消防员失败。不得在一家养路公司做护路工。

1921年，他加入保险公司，从事推销工作。但好景不长，因在奖金问题上与老板闹翻而辞职。

他曾通过函授学习法律，因生计所迫，不得不忍痛放弃自己的学业。

后来，他在朋友的鼓动下，还一度干起了律师行当。但这一职业生涯也未能长久，一次在法庭庭审中，他竟与客户大打出手。

30 多岁时，他再度失业，但他始终没有灰心。

34 岁那年，他在米其林公司做轮胎推销员，但在一次开车过桥时，支撑钢绳断裂，他连人带车跌下桥，受了重伤，无法再为那家公司工作了。

1930 年，他在肯塔基州的克本镇，开设了个一家可宾加油站。后来与竞争对手因生意上的摩擦，他开枪打伤了对方，还差点因此受到起诉。二战期间，政府实行汽油配给制，这又给了他一次沉痛的打击，他的加油站彻底歇业了。

1951 年，他竞选参议员，最后仍以落败告终。

为了增加收入，他不得不自己制作各种小吃，提供给过路游客。生意由此得到缓慢而稳步的发展，而他烹饪炸鸡的名声也吸引了过往的游客，他决定开一家餐馆。1955 年，正当他的生意越发红火，拟投入建设的一条公路正好穿过他的餐馆，他再一次面对失败。他不得不变卖资产以偿还债务，结束了自己为之奋斗了 25 年的事业。他叫哈兰·山德士，那一年，他已经 66 岁。

一般人看来，历经众多的失败与打击，他该退休了。却不，山德士没有像更多的美国老人那样，靠社会保障金生活，而是重操旧业。他带着自己所掌握的技术和秘方，不顾年老体迈，主动和各地的小餐馆联系，1009 次遭到了拒绝，但到第 1010 次，他终于成功联系了一家小餐厅。从此，他开始传授独特的炸鸡技艺，并且在质量上对他们严格要求，设立统一配方、统一经营模式。在创立肯德基的同时，他还是个月领 105 美圆的社会保险金的退休老人，但到 1963 年，他总共控制了全球 600 多家炸鸡店。而今，肯德基已成为全球最大的炸鸡连锁店。

自从能够直立行走，具有超级的思维，人总是不断地在寻觅与追求。这是人的幸运，也是人的不幸。很多时候，人不仅需要和一种叫做命运的东西相博弈，更需要懂得追求与舍弃。该舍弃的时候，不要穷追不舍；该乘胜追击的时候，绝不轻言放弃。很多时候，成功不全是在前方。像山德士一样，眼看前路悬崖峭壁，无从逾越，不妨果断回头。也许，返过身来，就是峰回路转，柳暗花明。

有时候，成功距离我们并不遥远，我们所需要做到的，仅仅是，轻轻转个身。

公司有多少员工

你的公司有多少个员工？

关于这个问题，我想，绝大多数中小企业的老板会随口报出。但是，当一个巨型连锁企业的老总，在众目睽睽之下，居然回答不出自己公司究竟有多少员工，你会怎么看？

有一个著名的电视访谈节目，邀请了蒙牛集团董事长牛根生。访谈在一种融洽的氛围中进行。

在中国，你可以不知道牛根生，但你绝对应该知道蒙牛乳业。主持人首先介绍了一下牛根生，从 1978 年成为呼和浩特大黑河牛奶厂的一名养牛工人到洗瓶工人干起，1983 年任内蒙古伊利集团（原呼和浩特回民奶食品厂）厂长，1992 年担任内蒙古伊利集团生产经营副总裁，1987 到 1998 年十年期间，将伊利做成中国冰淇淋第一品牌。1999 年至今，创办内蒙古蒙牛乳业（集团）股份有限公司并担任董事长兼总裁职务。牛根生获得的荣誉有："2002 年中国十大创业风云人物"；"2002 年中国经济最有价值封面人物"；"中国民营工业行业领袖"；"2003 年中国企业新领袖"；2003CCTV "中国经济年度人物"；2004 年 "中国策划最高奖" 等。

按照惯例，主持人先是问了蒙牛集团的成功经验，牛根生平静地回答，蒙牛是代表中国 120 万名奶农，走向国际市场。蒙牛能有今天的成就，就是逆其道而行之，借力壮大，站在巨人的肩膀上，把对手抛在后面。

当牛根生谈到，在呼和浩特市一间 53 平方米的楼房内，自己从家里搬来了沙发、桌子和床，蒙牛在最初"一无工厂，二无奶源，三无市场"的困境下开拓进取，销售收入从 1999 年的 0.37 亿元飙升至 2003 年的 40.7 亿元，后者是前者的 110 倍，年平均发展速度高达 323%！在中国乳制品企业中的排名由第 1116 位上升为第 2 位，创造了在诞生之初 1000 余天里平均一天超越一个乳品企业的营销奇迹，台下发出了一片惊叹声。

接下来，无非是一些关于蒙牛的创业与发展，但最后一个问题，却出乎所有人的想象。主持人说："请问，蒙牛集团到今天，共有多少个员工？"

这是一个极其简单的问题，简单到不应该提出。包括我在内，我想不管是现场还是屏幕前的观众，都在等待一个极其抽象却又极其巨大的数字，这个数字也足以证明蒙牛的成长与发展。但现场却有了一个戏剧性的转变，面对镜头，牛根生不假思索的回答，我不知道公司有多少员工。

全场顿时鸦雀无声，主持人也愣住了。可以看出，这绝对是一个意外。但牛根生的回答却不带有一丝踌躇与尴尬："作为一个集团公司的董事长，我所关注的是自己的产品，员工总数是人事部门考虑的问题。任何一个成功的老总，都不应该事无巨细，亲力亲为。我首先应该知道的是公司产品的包装与定位、公司的经营与发展。花费一些时间，我也可以准确背下了公司的花名册。关心员工，不是关心名字与数据，抽出更多的时间，我可以考虑，蒙牛如何能搭乘上神州七号，以及如何让蒙牛走出中国，插上翅膀，并且飞向世界的每一个角落。"

主持人最后的栏目总结这样介绍，一个成功的企业家，可以不知道自己的公司有多少员工，但他的成功，会直接或间接为每一个员工谋求福利。他可以不知道员工的名字，但每到逢年过节，他必定会出现在困难员工的家中。作为一个创造了乳业神化的企业老总，他不应该去关注琐屑的小事，正如许多媒体所介绍的那样，他是一头牛，却跑出了火箭的速度。关于成功的定义，有时候可以简单到用一句话来表达，那就是，有所选择，必须有所放弃。全场爆发出了一阵又一阵雷鸣般的掌声。

财富不在口袋里，而在脑子里。这是牛根生的一句口头禅，也是主持人引用的结束语。很多时候，你可以不去从事别人认为你必须做到的事情，但你必须做好自己认为应该做的事情，这是牛根生与其他绝大多数记住公司多少员工的企业老总的区别，也是成功与失败最大的区别。

告诉自己：我行

　　一个小男孩，从小就长相丑陋，脸上坑坑洼洼，并且声音嘶哑，讲话结结巴巴，反应也总是比别人慢上半拍。为此，他常常遭到小伙伴们的讥讽和嘲笑。

　　他出生在一个贫穷的家庭，父亲是个鞋匠，一日三餐，只能勉强充饥。他九岁丧母，仅受过 18 个月的非正规教育。相对于同龄的小朋友，他很不幸。但幸运的是，继母却对他视如己出。有时，即使是一道简单的验算题，他也要做上半个小时；一件再容易不过的小事，总是被他搞得一团糟，但继母从没有责备过他，相反，却鼓励他：任何时候，不要在乎别人怎么看你，你只要对自己说，我行。

　　长大后，为了谋生，他当过俄亥俄河上的摆渡工、种植园的工人、石匠、店员和木工，曾 11 次遭到雇主辞退。

　　1831 年，他自己开始创业，但由于资金不足，无法运转，公司仅仅惨淡经营了两年，就宣告失败。

　　1833 年，他再次向朋友借钱经商，但不到年底就破产了。接下来，他花了整整十六年时间，才把欠下的债务还清。

　　1836 年，他通过自身努力，成为了一名律师。在这期间，他更加深入了解到美国底层社会民众的悲惨生活，他意识到，要想拯救民众于水深火热中，必须通过政治手段来解决。从此，他决定涉足政界。在接下来近20年的时间，他曾屡次参选州议员、国会议员，但最终八次竞选，八次落败。

1856年，在共和党的全国代表大会上争取副总统的提名，他的得票还不足100张，再一次惨遭挫败。

即便如此，他从没有退缩，他牢牢记住了继母的话：在任何恶劣的环境下，都告诉自己，我行！

在一次总统竞选中，有记者问了这样一个近乎刁钻的问题：假如，现在由你们两个人自己来投票决定总统的人选，你会把这关键的一票投给谁？竞争对手耸了耸肩，很平静的回答：我拒绝回答这个问题，谁能当选总统，这应该有伟大的民众来决定。而他却勇敢地向前迈进了一大步，大声说，我会把这一票投给自己，因为只有我，才最适合做你们的领导人。全场，顿时响起了一片雷鸣般的掌声。

是的，他就是亚伯拉罕·林肯，美国第16任总统。三十年前，他是一个任何人都瞧不起的穷小子，三十年后，他成了美国历史上最伟大的总统！

即使成为总统，林肯的长相也常被政客攻击，认为其貌不扬，有伤国体。在其逝世后，科学家对其左右脸部的石膏像进行镭射扫描，证实了其有半边小脸症的病状。而据林肯的警卫回忆：当林肯左眼向上瞟的时候，右眼竟完全不动。种种迹象，充分表明，林肯患有天花和小儿麻痹症。但就是这样一个近乎先天残疾的人，却领导了拯救联邦和结束奴隶制度的伟大斗争，使美国人民从此摆脱奴役，走向了自由。

托尔斯泰说过，你自己愿意躺下，没有任何人能够扶你起来。很多时候，成功的定义就是这么简单。不管别人如何轻视和敌对你，只要你勇于对自己说：我行！相信自己，并且敢做敢闯，这世界上就没有做不成的事情。

总有一条道路适合你

1933 年 11 月 19 日，他出生在纽约布鲁克林一个普通的工人家庭。从小，他的口才就十分拙笨，即使一句简单的话语，在他说来也总是结结巴巴，表述不清。从小学到高中，他的学习成绩一直很差，每次考试，英语都不足 70 分，口语朗读部分甚至常常不及格，连老师也说他仅仅能混张毕业证书。高中毕业后他打了几年零工，先后做过搬运工，卖过水果，跟车送货，在餐厅里拖过地，还曾在一家 UPS 公司当过邮差。但是，由于不善于和人沟通，他的每一份工作都没有超过半年。

19 岁那年，他决心下海。他拿着从亲戚朋友那里借来的 4000 美元，在纽约的一个小镇开了一家餐厅。由于不善于经营，这次创业，他几乎血本无归。

21 岁那年，他和朋友在旧金山合资搞了一间海鲜批发部，由于缺乏商业头脑，再次以失败而告终。

那一段时间，几乎是他人生最为黑暗的时刻，甚至连自杀的念头都有。面对着颓唐万分的儿子，母亲不停地安慰他：我们无法因为"说话"而知道更多的事情。因此，如果你今天想要知道一些事情，你首先所要做的，就是"聆听"，然后才是很好地表达自己。从此，他开始发奋学习，并且开始尝试主动与别人沟通。

22岁那年，他只身从纽约到南方城市迈阿密，在当地的一家小电台当看门人。在那段时间，每个节假日，他都会到郊外苦练英语发音水平，旁若无人地对着山谷河流大声呼喊。后来从一本书上得到启示，他甚至经常在嘴里叼着东西，力求这样也能发出准确的音调。

一个偶然的机会，台里一个主持人生病，他有幸主持了当天的节目，并得到了台长和观众的好评。从此，他跻身进入主持人的行列。由于其主持风格幽默，话题辛辣，很能照顾到被采访人的情绪，总能在不经意间敲开他们的话匣子，并且能够极好地临场发挥，这使得他在业界逐渐有了名气。

1985年，CNN看中了他，高薪聘请他担任节目主持人。从当年开始，他在CNN主持一档现场直播栏目，很快，该节目一炮打红。他的脱口秀节目成为世界上第一个接听全球听众来电的电视谈话类节目，并且逐渐成为整个电视网中收视率最高的一档王牌节目。

他先后采访过5万多个知名人士，这其中包括众多世界各地的政府首脑、商业巨鳄、娱乐天王和社会领袖。据本·拉登的巴基斯坦传记作者哈米德·米尔记载：这位恐怖魔头自称也经常看他的直播节目，因为"我必须通过这些电视频道监视我的敌人的活动"。这也足以窥见该节目的影响力之大。CNN总裁吉姆·沃尔顿也曾这样形容他，他是"我们识别率最高的一张脸，也是这个国家识别率最高的面孔之一。"

他就是拉里·金，CNN成立至今30年来，他主持的"拉里·金直播"成功播出了25年，并被"吉尼斯世界纪录大全"收录为世界上持续时间最长的晚间电视谈话节目，影响了几代美国人，其本人也被美国《时代》杂志称之为"麦克风霸主"。

这个世界上永远没有两片完全相同的树叶。人生行路，也难免会遇到众多的挫折与磨难，但最关键的一点是历经失败而绝不气馁。每个人都不是一无是处，像拉里·金一样，这个世界上，总有一条道路适合你。

把一瓶水乘以 13 亿

1945 年 10 月 12 日，宗庆后出生于江苏省宿迁市。他家中兄妹 5 人，由于家境贫寒，父亲没有工作，全家上下仅仅靠做小学教师的母亲那点可怜的工资，很难维持生计。所以，更多时候，一家人不得不靠山芋干和山芋叶来勉强填饱肚子。

初中毕业后，他先后在农场挖渠、筑海塘，在海滩上挖盐、晒盐、挑盐，在茶场种茶，割稻，烧窑，做过纸箱厂做推销员、电器仪表厂销售助理，并且还做过校办厂的业务员等等工作。

但这一切，并没有束缚他的发展。在平凡的岗位中，他一直在默默地寻找着商机，期待终究有一天，自己能够出人头地。因为，他不甘心一辈子就过这种平平淡淡的生活。

知识决定出路。1981 年，他自考杭州工人业余大学工业企业管理。1987 年，宗庆后不顾家人的反对，毅然接手了杭州上城区一家几乎毫无盈利的校办工厂。当时，他手下只有两名年迈的退休老师。他凭着东拼西凑的 14 万元借款，靠最初的替别人代销汽水、棒冰及文具纸张赚一分一厘钱起家，从此，夜以继日，开始了艰难的创业历程。同年，他正式注册成立杭州娃哈哈公司。

公司创业伊始，由于资金不足，他只能买了一组生产线，靠生产和销售矿泉水度过难关。最艰难的时候，为了节省开支，他和两个老教师一起蹬着三轮车，挨家挨户去送货，但即使如此，他每月的利润也仅仅只够派发两位退休老师的薪水。包括他的家人都觉得，一瓶水，在市场上售价仅仅 1 元，根本就没有什么利润可图。甚至有人劝他改行投资当时利润较高的集成电话。但宗庆后不这样认为，他知道一瓶水的利润是很少，但在他心里有一本账，那就是，中国有 13 亿的人口，要是把这一瓶水的利润乘以 13 亿这个数字，或者说哪怕仅仅是十分之一，那也将是一笔很可观的利润了。所以，从那个时候，把公司做成中国最大的企业，这个坚定的信念在他心里牢牢扎下了根。

1989 年，宗庆后审时度势，成立了杭州娃哈哈营养食品厂，开始率先研发娃哈哈儿童营养液。他以中医食疗"药食同源"的理论作为指导思想，致力于解决儿童厌食和营养缺乏的双重问题。由于在当时，国内还没有任何的生产厂家涉足该行业，所以，娃哈哈系列营养液一经面世即一炮打响，走红全国，为公司掘得了第一桶金，也顺利完成了娃哈哈的最初原始资金积累。其后，宗庆后迅速推出了"非常可乐"，与"可口可乐"、"百事可乐"两大国外名牌相抗衡，形成三足鼎立的局面，有力地提升了公司整体形象，使娃哈哈迅速跃升为国际知名品牌。仅仅 10 年时间，娃哈哈公司从单一的瓶装水生产逐步发展成为集含乳饮料、碳酸饮料、茶饮料、果汁饮料、罐头食品、医药保健品、休闲食品等八大类近 100 个品种的产品的中国知名企业。

2010 年，65 岁的宗庆后以财富 70 亿美元成为中国首富，这是中国第一次有"饮料大王"成为全国首富。而他一手创立的娃哈哈公司也于 2009 年入选中国世界纪录协会，成为中国最大的食品饮料生产企业，并创造了多个中国之最和世界之最。

成功永远不拘小节，即使是一瓶小小的矿泉水，倘若能乘以13亿，我们也同样可以把它做大做强，并且能够从中挖掘出商机和出路。宗庆后常常挂在嘴边的这句话，相信对所有的人都会有所启迪。

比黄金更贵的，是智慧

他出生在印度班加罗尔附近的一个小镇，由于家境贫寒，中学还没有毕业，就不得不辍学回家务农了。

他家有3亩多田地，像众多的村民一样，也遍植了橡胶树，由于产量有限，每年的收入，家家户户仅仅够勉强填饱肚子。从小，他就不甘于一辈子过这种贫穷的日子，每当割胶的时候，他觉得那些树流的不是汁水，而是流自他心中的眼泪。

这个小镇有一个独特的景象，那就是这里的土壤呈一片褐红色。在外地的旅游者看来，这的确是一种罕见的自然奇观，但在村民看来，这种独特的土壤正是造成橡胶树减产的主要原因。

一个周末，他在当地的唯一一家图书馆查阅得知，这种红土很可能含有丰富的氧化铜，他的头脑里立刻有了一个生财之道。

他马上雇佣了一辆汽车，把一整车红土运到了几百公里外的一个铜矿，经过检测，铜矿方同意以较高的价格收购，并和他签订了长期供货合同。回来一算，除去运费，他这一趟净赚了96个卢比。从此，他砍伐了自家田地里的所有橡胶树，开始变卖那些在村民眼里看似一文不值的红土。可以说，这是他为自己人生掘的第一桶金。

当村民们开始纷纷效仿，四处变卖红土的时候，他迅速在镇里开设了第一家铜矿，大量收购红土，并且开出了更高的价格，由于节省了往返的运费，他几乎垄断了所有的红土。很快，他就成了镇里最富有的人。然而好景不长，由于当地电视台的连续报道，更多具有实力的铜矿开始进驻到这个小镇。同行间的恶意竞争，使红土的价格越抬越高。到了最后，几乎无任何利润可图了，

一天，他在电视上无意间听到这样一句话：卡邦科技部前副部长库尔卡尼表示，过去4年中平均每周有一个公司来班加罗尔注册，这个速度在印度是独一无二的。他马上敏锐地意识到，此时，在这个濒临城市的小镇投资地产将会获得最大的收益。

说到做到，他迅速变卖了自己的铜矿，并开始转向收购村民手里的土地。由于土地遭到了村民大规模且无限量的开挖，早已遍布深坑，满目疮痍，也不再适合种植任何的农作物，他几乎用相当低廉的价格就回收了镇里90%以上的土地。他做出的唯一承诺就是给村民免费建设一个封闭型的小区，并安排他们的子女在其新创立的公司就业。

2年后，果真印证了他的推测，由于扩建工业园区的需要，政府开始大规模收购土地，且每亩地的价格高出了他当初收购价的600倍，他的举措，令那些当时还靠着开垦红土地做着发财梦的铜矿老板措手不及。靠着这一大笔资金，他终于成功组建了自己的软件公司。

25年后，凭着自己不懈的努力，他从昔日那个整天围着橡胶树忙着割胶的穷小子，摇身一变，成了开创世界知名IT品牌的跨国公司总裁。

是的，他就是号称"印度比尔·盖茨"的普雷吉姆。他一手开创的公司就是业务遍布全球的著名的维普罗软件公司。2009年，他再次被评为印度首富，其公司也排名为印度三大软件公司之首。

敢为人先，他首先把红土卖出黄金的价格，然后再告诉我们：比黄金更贵的是人的智慧。美国《时代》周刊曾这样形容他的成功。

挑战自己的命运

1964 年，朱军生于甘肃兰州。由于受到父亲的熏陶，他从小就对文艺节目有着特殊的偏爱。

1989 年底，一个偶然的机会，朱军从兰州军区战斗歌舞团走进了甘肃电视台文艺晚会，这是他第一次从舞台走上了屏幕。由于其主持风格幽默且具有睿智，朱军很快在当地有了名气。从 1991 年起，甘肃省电视台所有的大型文艺演出活动几乎都由他担任节目主持。

1993 年 6 月，朱军有幸和杨澜一起主持了甘肃电视台七一晚会，晚会像他所预期的那样，主持的很成功。台下，杨澜对朱军说，像你这种条件，在中央电视台也不是很多，你就没想过要出去闯一闯吗？从那天起，他心里就有了一个梦，那就是哪一天自己也能够走进中央电视台的演播厅。

还有一次，中央台的高立民导演在兰州观看了朱军主持的一台晚会，他也给了朱军一个很好的评价，并主动邀请朱军到北京去玩。这更加坚定了朱军走向中央台的决心。

那是朱军第一次走进中央电视台千米演播厅。在传记里，朱军这样写道，其时，他有一种深深的震撼，他也在心里默默地告诉自己：一定要闯入中央台。并且就在那一天，他还偷偷参观了中央电视台那绝无仅有的带有卷筒纸的厕所。

为了实现梦想，他先后几次独闯北京。最后一次，是1994年的正月初八，一切毫无计划，但他决定破釜沉舟。他取出了家里存折上仅有的2000元钱，和妻子两人只带了一身简单的换洗衣服，买了两张飞机票，义无反顾地直飞北京。他期待着这一次的北京之行能够真正实现自己的梦想。由于当时正值春节轮休放假，平时熙熙攘攘的中央电视台门前，多少显得有些冷清。在呼啸的寒风中，他冻得瑟瑟发抖。经过三天的守候，他连一个熟人也没有看到，但他没有退缩，他决心要和命运做一番博弈。直到第四天，经过再三恳求，一个专门负责接送观众的央视工作人员把他带进了央视大门，他才得以拜会高立民等导演。

机会只垂青拼搏奋进的人。几天后，经高立民推荐，朱军以借调方式参加了改版后的《东西南北中》节目前期制作。而在当时，他只是中央台预定的十数名候选人名单中的一员，由于他第一个到达中央台，再加上他的勤奋和虚心好学，他给台里的几个编导留下了很好的印象，所以他获得一致推荐，很荣幸地上了该节目。在通知上节目的那天，他甚至连一件像样的可以上镜的衣服都没有，仓促中，他只好找到一个西北老乡，借了一身西服。依旧是凭借着那种诙谐而稍显腼腆的主持风格，朱军的节目一炮走红。从此，朱军走进了中央台1000平米的演播大厅。

从1999年至今，我们每年都能从中央电视台看到那个熟悉的身影。而他主持的艺术人生，更是陪伴我们走过了整整10年的时间。

由于朱军的突出贡献，他多次获得全国"金话筒"称号，并于1999年上了央视一月挂历，从此被荣称"央视一哥"。2010年6月7日，朱军获得中国电视主持人30年年度风云人物，这在中央台历史上是绝无仅有的最高荣誉。

很多时候，面对命运，我们不能够只是墨守成规，而是要主动发起挑战。朱军常说的这一句话，相信对所有的人，都会有所启迪。

野百合也有春天

1950 年，史蒂夫·旺德出生于美国密歇根州。由于早产，小旺德一出生后就被放入婴儿暖箱，然而，不幸的是，由于护士的疏忽，他因为暖箱的供氧过量而导致永久失明。不仅如此，他的声音也比一般同龄人要尖细，而且嗓音极其洪亮，具有穿透力。小伙伴们都瞧不起他，说他是娘娘腔，是黑瞎子，并且是天生的噪音污染源。所以，在小伙伴们玩耍的时候，只要他一上前凑热闹，就会被人狠狠地推倒在地。

很多时候，小旺德会觉得自己是个很不幸的人，然而，即便如此，从咿呀学语开始，小旺德似乎就对音乐有着不同寻常的接受和领悟能力，并且具有强烈的节奏感。他 4 岁就学会了吹口琴，5 岁开始练习钢琴。刚开始的时候，妈妈这么做，只是为了分散他的注意力，让他知道，自己并不比别人差。从 8 岁开始，在小旺德的强烈要求下，妈妈开始省吃俭用，带他到各地的音乐学校练习各种乐器：贝斯、键盘、鼓和各种打击乐器。

一个春日，小旺德再一次被小伙伴推倒在地，摔得头破血流，并且，小伙伴们都说他只是个一无是处的废物点心。他一路哭泣跑回自家的院子里，一气之下砸烂了自己最珍爱的口琴。妈妈看在眼里，痛在心里。这一次，她什么也没说，只是牵起小旺德的小手，带他来到村外的田野。从妈妈的嘴里，小德旺知道了，原来，这个世界上不仅仅只有妈妈曾给他描述的美丽的玫瑰和牡丹，而此时，在他们脚下，正在盛开着一种野花，它的名字叫做野百合。这种花朵既不鲜艳，也没有诱人的香气，但每一年它仍在默默地盛开。"永远不要在乎别人怎么看你。要记住，野百合依旧有着自己的春天！"小旺德没有留意到，说这话的时候，妈妈早已泪流满面。

听了妈妈的话，小旺德懂事地擦干了泪水。从此，他不去在意任何人的讥讽和嘲弄，他开始苦练乐谱和基本功，每天，他都会在院子里喊上几个小时，借以锻炼自己使其的嗓音雄浑宽厚。

由于他的勤奋和刻苦努力，10岁开始，他就拿到黑人音乐大本营《魔域唱片》(Motown)的合约。13岁那年，他的一曲《指尖》更是用忧伤的旋律，向人们转达了双目失明的人是如何用指尖来感受和认识这个世界。这首歌很快成为榜首曲，征服了数以亿万计的美国人，他也一举成为美国家喻户晓且为数不多的黑人明星之一。

镜头前，他戴着酷酷的墨镜，时而沉醉，时而劲舞，看起来忧郁且极具沉稳。他那种极其阳刚和进取的形象儿乎彻底迷倒了全美的歌迷。他每一张专辑的出版，每一首歌曲的流传在当时的美国流行乐大都起着举足轻重的引导作用。他拥有超过亿计的唱片销量，他迄今共获得25次格莱美奖，并且凭借一首脍炙人口的歌曲《电话诉衷肠》，一举获得1984年奥斯卡最佳电影歌曲奖。美国总统奥巴马谈到旺德时曾表示："如果说我有一个音乐偶像，那一定是史蒂夫·旺德。"

鉴于其卓越的成就，联合国秘书长潘基文亲自授予史蒂夫·旺德"联合国和平使者"称号，以表彰他在促进残疾人福祉以及平等事业上作出的特殊贡献。在当天的授牌仪式上，面对众多的各国记者的镁光灯闪烁，史蒂夫·旺德只说了这样一句耐人寻味的话：不是每一朵花都能有幸成为娇艳的玫瑰和牡丹，但即使是被弃于田头的野百合，也同样会有属于自己的春天！

把商品推销给自己

1850年，奥里森·马登出生于美国新罕布什尔州一个叫桑顿乔的森林地区。他3岁失母，7岁丧父，先后换过5位主人，他干过近十年的童工，每天工作14个小时以上，几乎干尽了各种苦活，然而，即便如此，他仍然无法填饱自己的肚子，并且还备受主人的责骂和皮鞭的虐待。

值得庆幸的是，14岁那年，他终于成功出逃，在一家锯木厂找到一份工作。从此，在工作之余，他开始了漫长的学习，32岁那年，他先后拿到了5个知名大学的学士、硕士和博士学位。而这期间，他开始尝试靠推销商品赚钱，很快，他赚了近2万美元。在做推销员期间，他积累了大量的经营和成功理念，并记下了数十万字的心得和体验。那个时候，在推销员的圈子里，他已经小有名气，为了体验和超越自己的推销经历，他曾经尝试着把商品推销给自己。那是一个寒冷的冬日，在华盛顿一间油汀专卖店里，马登用白布遮挡了几种不同油汀的品牌，他让几个学员试着向他推销自己最中意的那一款油汀，但最终，无论几位学员如何费尽唇舌，他们仍然没有能让马登接受其推销的品牌。通过一次次细致入微的研究，这使马登明白，一个成功的推销员，务须把细微做成极致，他首先需要懂得的，不是如何把产品推销给别人，而是如何把产品推销给自己。

由于马登的勤奋好学和孜孜不倦的努力，在 40 岁那年，靠着自己独特的推销经验，他开始发展旅店，他一次次把自己的旅店成功推销给过往的旅客。很快，他的旅店也名声大振，成了当地的地标式建筑，他也因此成为一名远近闻名的旅店业大亨。然而，不幸的是，由于其时美国经济的大萧条和一场突如其来的大火，他几乎彻底破产，这也使得他从财富的顶端彻底跌入了人生的最低谷。

从此，在饥寒交迫中，马登开始专心整理自己做推销员期间的心得体验，进行系统研究成功与财富之间的奥秘。1894 年，他的处女作《伟大的励志书》一经推出，即获得了巨大的成功，读者争相传阅，很多人把其奉为"职场圣经"，以至于当年就再版 11 次仍供不应求。到 1905 年前后，该书仅在日本就售出近 100 万册，而其后，他的数十本成功书籍，无不创下了职场书籍的销售先河。

1897 年，马登的《成功》杂志创刊。直至今日，这本杂志仍在引导和激励着全球数以亿万计的有志者在积极实现自己的梦想。

由于马登的杰出贡献，他成了全美公认的成功学奠基人和最伟大的成功励志导师，其著作先后被译成 25 种文字，英文版的销售高达数百万册。直到今日，在世界各地的图书馆仍大批量收藏着他的各种专著，以防丢失。美国第 25 任总统威廉姆·麦金莱曾说："马登的书对所有具有高尚和远大抱负的年轻读者都是一个巨大的鼓舞，我认为，没有任何东西比马登的书更值得推荐给每一个美国的年轻人。"

即便马登自己也承认：他的多本专著之所以如此畅销，这与自己曾经干过多年推销员的成功经历无不息息相关。很多时候，把商品卖给别人也许很不足为奇，你仅仅需要花费一些口舌，而真正能够做到把商品推销给自己，这才是成功之道。

与成功者为邻

在全球任何一个国家，你可以不知道美国华盛顿，你可以不知道巴黎的埃菲尔铁塔，但提起全球著名的两家快餐企业巨头，肯德基和麦当劳，绝对是无人不知，无人不晓。

这两家企业先后在1930年左右即初具雏形，麦当劳的发展大约早肯德基十年左右，然后，两家巨头在其后的几十年时间，几乎同时发展壮大，且永远处于竞争的局面。可以这样说，无论在全球哪一座大中型城市，你找到了肯德基，在其附近不远，必定有一家麦当劳。

一家成功的餐饮企业，除了经营之道，最重要的事情就是选址了。所以，在肯德基最初的发展中，每一个分店的选址都会令公司的决策者大伤脑筋。很多人提议，在选址中，应该尽量远离先其发展的麦当劳，以避其锋芒。但其创始人哈兰德·桑德斯上校却不这样认为，最终他力排众议，做出了一个惊人的决定：今后，肯德基的选址不再浪费人力物力，统一规定，把每一个分店开在麦当劳隔壁。与成功者为邻！这无异于一磅重型定时炸弹，一瞬间，所有人都惊呆了。然而，接下来的发展，却出乎所有人的预料。两家相邻的企业近在咫尺，却并没有像反对者所预料的那样，没有一家受到打击和影响。相反，由于顾客可以根据口味做出自己的选择和比较，再加上两家企业各自所具有的广告效应，反而成了各自的城市定位指向和坐标，且相互的知名度都越来越大。后来的发展中，麦当劳也借鉴了肯德基的作法，把新店选址定在先期开店的肯德基隔壁，这不仅节省了巨额的策划和选址费用，也让两家企业各自尝到了甜头，迅速在全球各地发展壮大起来。

无独有偶，2001 年，美国一家楼盘正在紧张的建设中。从选址到开工，一切平平淡淡，悄无声息。业内人士都认为，这家楼盘选址偏僻，房屋造型普通而没有创意，经济不景气，这样的楼盘，策划也完全失败，几乎很难销售出去，即便是售楼处的工作人员也酝酿着准备跳槽。然而，任何人也不会想到，这样一家楼盘将会彻底粉碎美国的楼市泡沫，并且引导整个美国楼市的走向和传奇。

2001 年 1 月 20 日，美国总统乔治·沃克·布什宣誓就职的当天，举国欢庆，万人空巷。这家楼盘在高空中用热气球打出了"总统在我们身边，与成功者为邻"的巨幅标语，人们这才惊奇的发现，原来，在这里买房，布什总统居然可以是他们的邻居。一时间，这家楼盘几乎遭到疯狂的抢购，不仅在开盘当日，就预售了全部的产权房，二期房屋也被提前预定一空。

2012 年，这个营销案例被写进了美国最著名的市场营销协会的教材。这种空前的荣誉使得该楼盘在全美国一夜成名，也迅速奠定了其龙头老大的位置。

与成功者为邻，需要的不仅仅是勇气，很多时候，也需要策划与谋略。

把自己变成奇迹

1982 年 12 月 4 日，他出生于澳大利亚墨尔本。然而，令所有人都目瞪口呆的是：他一生下来，就没有正常的双臂和双腿，只在左侧臀部以下的位置有一个带着两个脚趾头的小"脚"，这种罕见的现象，在医学上被取名"海豹肢症"。

看到儿子这个样子，他的父亲简直无法接受这种残酷的事实，他甚至忍不住跑到产房外呕吐。他的母亲即使身为护士，也同样无法接受这一残酷的事实。她甚至一度充满了自责，直到尼克·胡哲 4 个月大才敢颤巍巍的抱他。

在那个中产阶级家庭，父母对他没有更高的奢望，只希望能够倾其所有，把他培养成一个正常的人。从小开始，父亲教他用两个脚趾打字。他的母亲还为他设计了一个塑料装置，可以帮助他拿起笔。然而，即便如此，他还是不断受到同伴的讥笑和欺凌。他也曾一度看不起自己，甚至有一次，他试图把自己溺死在浴缸。他常常向母亲抱怨，当初为什么要给予他生命。面对儿子近乎残忍的数落，母亲每次都忍住即将落下的泪滴，她一遍一遍的给儿子讲解很多残疾人同样可以实现梦想，并且可以征服世界的事例。

在一个阳光和暖的春日，他再一次被同学从轮椅上推倒在地，并且跌得满头满脸都是血。母亲闻讯匆匆赶到学校，她没有责备肇事的孩子，只是满含热泪的抱起儿子，来到了学校旁的一块空地。在这里，野草青青，各种知名或者不知名的野花泼辣的盛开着。母亲擦拭去儿子额头的血迹，告诉儿子：上帝把春天给了每一朵花，至于谁开得灿烂，要靠花朵自己。你要想出众，不受人欺凌，就要相信自己并且敢于接受命运的挑战，做最美丽的花朵。

11 岁的他，终于纵情流出了眼中委屈的泪滴。从此，他开始彻底告别了昔日那个颓废的自我。凭借自身的不懈努力，他那残缺的左"脚"成了好帮手，不仅帮助他保持身体平衡，还能够帮他独立处理生活中各种繁琐的小事。他学会了骑马、打鼓、游泳、足球等各种运动，并且每一样都不逊于有着健全四肢的同龄人。并于 2005 年获得"澳洲年度青年"的称号。这在澳洲是一个至高无上的荣誉。同时，他拥有两个大学学位，还创办了一个公益组织，以期帮助那些有类似经历的人们走出阴影。

为了给千千万万像自己一样的残疾人树立起信心和勇气，年仅 17 岁的他，就开始到世界各地巡回演讲，他期待用自己的切身经历告诉人们：这世界上，只要相信自己，就没有做不成的事情。如今，他的足迹早已踏遍世界各地，其中五次来中国演讲，并出版励志书籍《生命不设限》。他的演讲曾经激励了无数生命，他就是澳大利亚籍基督教布道家，"没有四肢的生命"组织的总裁及首席执行官，号称"生命斗士"的著名残疾人励志演讲家尼克·胡哲。他天生没有四肢，但他却用自己的坚忍与勇敢，用自己不屈的奋斗和精神挑战了命运的不公，由此也创造了生命的奇迹。

"如果发现自己不能创造奇迹，那就努力把自己变成一个奇迹。"在很多次的演讲中，尼克·胡哲都声情并茂的提到这句话，相信，这是对生命意义一种最好的诠释，也是给亿万生命带来感动和感触的至理名言。

把自己打造成品牌

倘若你想把自己成功推销出去，首先要让别人能够找到并记住你，吸引别人的注意力，走入别人的视线，并且精益求精，把每一个细微的小节都做成极致，只有这样，才能够把自己打造成为品牌

把自己打造成品牌

1918 年，在日本大阪一条极不起眼的街道，一家小小的企业悄悄地成立了，这就是松下幸之助创立的松下电器制作所。创业初期，由于资金不足，该所只能靠传统的手工作坊模式，做的也仅仅是品种单一的电灯灯座，其后又转向制作自行车用的车灯。由于同行间的剧烈竞争，企业在创业最初的半年内，几乎一直停滞不前，所得的利润也仅仅只够开付工人工资。

这天，一个名叫井植俊夫的职员到公司应聘。松下先生亲自接待了这个毕业于某知名大学专修企业管理的年轻人。看着井植俊夫气喘吁吁的模样，松下不禁心生诧异。"我找了整整 4 条街道，几乎没有人能够准确告诉我，在这里有着这样一家公司，更不要说贵公司的具体方位。我想，这也许是您不愿意听到的话题。但我觉得，这确实应该是阻碍贵公司没有做大做强的主要原因之一。"年轻人的一席话，让松下自己也汗颜了。他当即决定留用这个年轻人。

一个星期后，井植俊夫拿着厚厚的一沓计划书，敲开了松下幸之助办公室的门。他提出了"把自己打造成品牌"这 8 字方针。

把自己打造成品牌？松下幸之助看完计划书，不禁微微颔首。

1 个月后，松下按照井植俊夫的建议，以极其低廉的价格圈下了公司附近 20 亩的荒地，并环绕一圈砌上围墙，在围墙上喷绘企业的形象广告。2 个月后，松下公司承诺，为附近所有住户以及店铺的商户承印精美的门牌和名片，地址一律写日本大阪某某街道某某号松下电器旁。由于其环绕 20 亩的围墙文化效应，再加上后期的得力宣传，即便是当地的儿童也会讲出"我家住在松下电器旁"这一句脍炙人口的广告词，大阪的民众也逐渐开始记住了这家叫做松下电器的企业。这是井植俊夫所说的第一个策略，那就是，倘若你想把自己成功推销出去，首先让别人能够找到并记住你，这样才有可能把自己打造成为品牌。

不仅如此，在井植俊夫的建议下，松下电器开始率先向家用电器这一在当时还属于高端产业的领域进军。从 1951 年，公司首次打开美国市场，到与飞利浦公司签订合约，把西方的技术带到日本，松下电器逐渐开始了腾飞与发展。从最初的电灯灯座，到后来的数位电子产品，企业逐步扩展为从电子材料到零部件，从部品到整机，从家用电器到工业机器，无不做到精益求精，间接与直接转投资公司有数百家。找准自己的定位，只做最好的与最实用的，这是松下电器最终取得成功的第二个策略。这两个策略成为松下电器直到目前还在努力遵循并且影响公司发展的白金法则。

从最初的 3 名员工到如今的逾 40 万员工，年营业额超过 10000亿日元。2008 年，松下电器收购 70.5% 三洋电机股权并实现成功并购，这些看似枯燥无味的几个数字，正充分证明了松下电器是如何用了近百年的时间，才把自己真正打造成了品牌。如今，松下电器已成为位居全日本第一、世界第二大的综合性的大型电器王国。

橡皮筋中的大学问

2000 年 7 月 25 日，法航的一架协和客机在巴黎戴高乐机场起飞后失事，120 秒钟之内，夺去了机上 109 人和机场附近 4 人的生命。

事故的原因很简单：一块从前一架飞机上掉落的金属薄片割破了协和客机的轮胎，导致轮胎爆裂，高速飞出的轮胎残骸不幸击中了飞机油箱，引发燃油泄漏并起火，最终导致整个飞机失控坠毁。

一个近乎寻常的航空事故，相信绝大多数人看了只是扼腕叹息，但有一家公司却把它列上了紧急议事日程，并试图研究出一种不易被割伤且不会爆裂的航空轮胎。

作为一家具有百年历史的轮胎厂商，该公司的产品早已随着家用轿车和卡客车进入了人们的生活。但由于当时全球大约有 7000 多家轮胎生产企业，而且该公司早期研发的那种斜交轮胎技术早已被竞争对手追逐和共享。所以，一段时间以来，该公司的总体销售业绩一直平平。而航空轮胎，在当时则被全球公认为暴利行业，且只有为数不多的竞争者在分割这块诱人的奶酪。倘若能占领航空轮胎市场，不仅可以增加几倍的利润，对企业自身来说，更是一个无形的广告。

该公司技术人员通过无数次的研究发现，一个航空轮胎的常规气压是普通轿车轮胎的 8 倍，额定负重是轿车轮胎的 13 倍，温度最高可达 250 摄氏度，而且，在飞机起飞降落的短短数秒钟内，航空轮胎要经历超强的负重、瞬间的加速和极端的温度变化，这是导致飞机轮胎爆胎的主要原因。

　　一次次加压负重升温试验，一次次均以失败告终，研究彻底陷入了僵局。一天，负责该项目的罗西博士满身疲惫地回到家里，无意中看到儿子在玩橡皮筋。由于橡皮筋太长，儿子想把橡皮筋切成两节，可是松软的橡皮筋却很难切断。看到这里，罗西突发灵感，若是把飞机轮胎的设计融入橡皮筋的原理，岂不是更加耐拉伸和破裂？

　　历经一年的时间，该公司终于发明了一种全新的技术——近零增长子午线（NZG）技术，采用该技术的航空轮胎具有超强的抗冲击性和抗损伤性，使轮胎的使用寿命更长，试验起降次数比以往的斜交轮胎多 30%-40%。不仅如此，运用了该技术的航空轮胎还能使飞机整体重量减少 360 公斤，从而显著地节省了燃油。这项技术后来几乎被全球百分之九十的航空公司广泛应用于各种机型上。该公司的一句极具幽默广告语，更是让其产品一下子被全球的客户所熟记和认知：从此，乘机不会再有任何危险。所谓危险，只在你去机场和回家的路上。

　　这家公司就是引领全球轮胎潮流和航向的米其林集团。目前，该集团已拥有 129000 名员工，每年生产近 2 亿条轮胎，并在 2009 年度《财富》全球最大五百家公司排名中名列第两百四十一名。

　　成功无处不在，即使一根小小的橡皮筋，同样也可以蕴藏着巨大的学问。关键是，只有用敏锐的眼光，才能够捕捉和发现到商机。

把生意做上月球

1980年，在美国加利福尼亚，有个口技演员，由于一年多没有工作，老婆也在无奈中弃他而去。在那一段时间，他的生活极其拮据，每天只能靠生冷的牛油面包和自来水勉强度日。他一边哀叹自己的不幸遭遇，一边梦想着，倘若有一天，自己真的能拥有一大块土地那该有多好。

一天晚上，他驾驶哥哥的汽车在郊外行驶时，无意中，他抬起了头，从汽车挡风玻璃上方看到天空那轮皎洁的明月。"那里倒有很多的土地呢？"他灵机一动，突然想起12年前自己在俄勒冈大学上学时，教授们曾经讨论过联合国1967年制定的《外层空间条约》存在巨大的漏洞：即外太空天体的主权不为任何一个国家所有，但该条约却没有规定团体和个人不可以拥有外太空星体。那么，自己为什么不能抢先拥有月亮上的土地呢？

说到做到，他立刻在加利福尼亚当地一家法院，宣布对月亮和太阳系另外8颗行星及它们卫星的"所有权"，并将这份声明分别寄给了美国政府、美国航空航天局、前苏联政府和联合国等，声明自己最先拥有以上星体的私人主权。随后，他注册了正式的房地产公司。

开业伊始，他在半年内几乎没有卖出一寸土地。好多人都把他当作诈骗犯或者是一个疯子，说他钻法律的空子，而且买的仅仅是一块遥不可及的土地和一本虚拟的证书。面对着众多的指责，他没有退缩。他相信，人们购买月球和其他星体上的土地，绝不是为了收藏和升值，而是为了满足一种虚荣心或者用于馈赠。为了扩大影响，他不断在互联网上推出"我在月球上拥有一块地皮"的广告，并且免费将多块分割好的月球土地无偿赠送给当时的好多政要及好莱坞巨星。

有了这些政要及巨星的无形广告，购买"月球土地"逐渐成了一种时尚，一种身份与权威的象征，也是一种实力的显示。

在他的公司中，人们只要花上每英亩19.99美元的超低价格，并交付每英亩1.51美元的"月球土地税"，就能从月球或火星等太阳系行星上成功认购一大块土地。而且卖方保证，其销售的月球地皮是买主能在地球上用天文望远镜观看到的最好地段和景点。认购成功后，公司还会给每个产权人颁发一份月球护照和一张羊皮纸印制的月球地皮拥有权证书，证书上面有"驻英国行星大使"弗兰西斯的签名，还有一张详细地图，标明所购买土地的精确位置。此外，证书上还附有详细的法律条文，以保证这一土地交易"完全合法"。

如今，他的公司已拥有230万名客户，这其中包括众多的好莱坞明星、美国前总统罗纳德·里根和吉米·卡特。

他就是美国加州商人丹尼斯·霍普，他一手创立的公司叫做"月球大使馆"。他依靠"太空房地产"的生意，从一名失业汉变成了百万富翁，身家至少已高达625万美元。

商机无处不在，关键是靠如何去把握和发现。也许，正如丹尼斯·霍普所说，在所有人的心目中，遥远的月球和地球以外的星体实在是一个诱惑。他的成功正是利用人们这种猎奇和攀比的心理。

做大牙膏的管口

　　一家知名的牙膏厂，做了一个市场调查。结果令厂长大吃一惊：原本销量排名第四的该品牌牙膏，成绩竟然一路下滑，只排上第九名。

　　价格还是老价格，原材料不变，销售网络没有减少，产品销量也没有下降，管理等各方面似乎都看不出什么问题。厂长百思不得其解，连夜召开紧急座谈会。会上，各科室管理人员各抒己见：有的认为应该降低牙膏的价格；有的提出应加大广告力度；也有的提出，借鉴一下其他品牌，马上缩减牙膏克数，即由原来的 125 克缩减为 115 克。这些提法被厂长一一否决，原因有三：降低价格就是增加成本；产品本身具有一定的知名度，广告属于额外投资；缩减产品克数更无疑是变相涨价。

　　一条条建议均被否决，座谈会陷入了僵局。沉寂的会场，厂长掐灭了最后一个烟头，说："谁能提出一个最好的建议，重奖 10 万元！"一语惊四座，10 万元，可是一个不小的诱惑，现场的人无不面面相觑，也有几个在私下里暗暗地摩拳擦掌。

　　半个月后，厂里召开颁奖大会，包装科的小王居然出乎所有人的预料，获得了 10 万元的大奖。小王的提议很简单：做大牙膏的管口。当厂长用抑扬顿挫的语调，并且不乏眉飞色舞的表情讲出这七个字时，台下不禁一片哗然。

"是的，原因很简单。"小王理解大家的不满。

"你们看，在国内，一支大的牙膏一般都是125克。"小王举起了一支牙膏，继续说："我做过调查，按照通常习惯，不管牙膏管口的粗细，一般人在挤牙膏的时候，总是要挤满牙刷刷毛的三分之二甚至更多一些。"听了小王的讲述，台下渐渐安静下来。

"既然无法扭转别人的习惯，我们不妨就在这习惯上大做文章。大家看一下我们现在生产的这种牙膏，我量了一下。它的管口口径是8毫米，也就是说，一次可以挤出2克左右。而我们的竞争对手是9毫米。我们试想一下，倘若把牙膏的口径增加到10毫米，按照刷一次牙平均挤出2厘米长的膏体计算，一次可以多用掉1克左右的牙膏。再乘以365天，乘上340万的消费群，在原有基础上，我们一年可以多销售1000多万支牙膏，1000多万，这是何等概念啊！"一语点破，台下顿时一片雷鸣般的掌声。

半年后的再次统计，该厂果然跃居牙膏销售榜首，利润也比去年同期增长了近400万元，并逐渐成为牙膏行业的巨头。

很多时候，成功的定义就是这么简单。峰回路转，柳暗花明，也往往在不经意的一瞬间。做大牙膏的管口，本来是一个极其不起眼的小小举措，却令一个厂子在短时间内能够迅速崛起。成功真的无处不在，机遇也常常以一种极容易被我们忽略的形式，隐藏在我们身边，关键就在于我们如何用心去发现和把握。

让汽车开过你的餐厅

本世纪 80 年代末，在意大利拉奎拉的一个小镇，一条高速公路横穿了阿尔丰咗经营的快餐馆。

他的餐厅原先经营意大利原味比萨和西式盖饭，生意也还算景气。最起码，在诸多的马路餐厅中，还可以立于不败之地，并勉强贴补家用。然而，这一场突如其来的变故，却使他从此成了众多失业大军的一员。

萧瑟的寒风中，阿尔丰咗站在那条车流滚滚的高速公路旁，想到家中还有一双嗷嗷待哺的儿女，他的心情不禁愈发沉重起来。

一个周日，阿尔丰咗陪着 4 岁半的小女儿在其租借来的房间搭积木，女儿在地板上爬来爬去，不一会儿就搭了一栋小小的楼房，凭着儿童天真无邪的想法，她还在楼房正下方留了一个洞口，刚好可以开过自己那辆玩具小汽车。看着女儿的遥控车在洞口开进开出，阿尔丰咗突发灵感：假如能像女儿那样，让汽车穿过餐厅，这不是一个很好的创意与生财之道吗？

说到做到，阿尔丰咗立刻开始落实自己的新式餐厅。首先，他在一个预留出口的高速道口旁承租了一大块土地，并设计了一个圆形的可供汽车环绕一周的餐厅，在餐厅四周铺设了单向车道。他把汽车餐厅分为 1 号窗口、2 号窗口、3 号窗口，分别担负点餐、收费、递交食物的功能。这样就可以保证汽车开出高速公路出口后，在其餐厅环绕一周后，车主不用下车，即可通过餐厅的车道，在专门为车主们开设的"窗口"点餐、付款和获取外卖，短短几分钟的时间，即可完成整个消费过程。不仅如此，阿尔丰咗还在高速公路两侧打出了巨幅广告牌，在餐厅旁修建了一个免费的停车场，免费提供茶水、停车、洗车等特色服务。这就是当今最为流行的"汽车穿梭餐厅"的前身与雏形。

这种做法极大地方便了过往司机，也有效提高了该餐厅的知名度。一传十，十传百，好多司机路过该餐厅，即使不去用餐，也会慕名到阿尔丰咗免费提供的休息室喝上一杯茶水，抽上一支香烟，和阿尔丰咗畅谈一番。

可以说，汽车餐厅为阿尔丰咗夺得了人生第一桶创业基金。其后不久，通过过往司机反馈的消息，他得知，在这一条长长的省道上，数十公里的路途，前不巴村，后不巴店，居然没有一家像样的可以购物的超市。阿尔丰咗审时度势，率先开出了全球第一家马路餐厅购物超市。由于超市里销售的都是当地的土特产，生意一度火红，并屡次出现高速公路该路段拥堵与不堪负荷的现象。在当地交管部门的协调下，他不得不一次次扩大停车场的和汽车餐厅的规模。

短短 6 年的时间，阿尔丰咗的汽车餐厅在意大利已发展了 25 家连锁门店。他的个人身价也一路飙升，跻身意大利前 100 大富翁排行榜之 72 名。

他的经验和做法，先后被肯德基和麦当劳等国外企业所借鉴和引用，并取得了很好的成效。

换一种想法，汽车可以穿过你的餐厅。很多时候，成功其实就在我们的眼皮底下，只不过，很多人没有认真去品读和发现。

洗车工的创意

在日本大阪，有一个著名的神社叫做天满宫，这里是日本每年进行举天神祭（日本三大祭之一）的地方。在这方圆不远还有奈良时代的古皇宫难波宫遗址，供奉古代军神、歌神、海上守护神的住吉大社等著名建筑，这使得天满宫的附近成了全日本最大的车辆聚集地。在天满宫附近的每一条街道，都汇聚了大量的洗车公司。然而，由于同行间激烈的竞争，几乎所有的洗车公司都在惨淡经营。

山田所在的洗车公司也不例外，一个周末，老板在周会上已打了招呼，下个星期公司将裁员百分之三十。

回到家里，山田垂头丧气，正在为工作的事情犯愁，忽然听到楼下人声鼎沸。山田从六楼的窗户探头一看，只见一个小伙子在下面用双手手罩了嘴喊话，在他身旁，一辆丰田车的车顶上用鲜花打出了一个醒目的标语：小纯，我爱你！

这件事在很多人看来，充其量不过是忙碌生活中的一个修饰点缀与平添的笑料，一笑而过。但山田不这么看，在物业管理赶走了那辆丰田车的同时，山田也开始了自己的创意。

第二天一早，山田拿着一沓厚厚的材料敲开了老板办公室的大门，在他的建议下，他所在的洗车公司开始了大刀阔斧的变革。公司所有员工都停下了手头洗车的活计，开始四处散发传单。并且，公司在大阪各主要街道及高速公路旁打出了终身免费洗车的巨幅广告，而私下里，山田在和日本几家知名广告公司的业务洽谈也正在紧锣密鼓地进行。

三个月后的某一天，在大阪一家最大的停车场，从大阪各地赶过来的司机和看客人山人海，大家都在翘首以盼，在天底下，如何才能有这种天上掉馅饼的好事。在千呼万唤中，在大阪电视台以及多家媒体的共同见证下，山田揭开了谜底：那就是，所有会员和公司签约后，凭着会员卡，即可在该公司所有门店享受终身免费洗车的优惠。而唯一的要求就是在车顶上设置该公司的广告。人们纷纷奔走相告，在不到一个月的时间，几乎大阪所有的汽车顶上都喷绘了由该公司统一代理的车顶广告。该公司还郑重承诺，协议期满后，如不同意续签，公司还将免费提供整车做漆，恢复原状。这样，也彻底免除了司机的后顾之忧。一时间，山田所在的洗车公司车满为患，一度出现道路拥阻和堵塞现象，在当地交警部门的不断协调下，该公司不得不在民众的抗议声中一步步地扩大经营和发展连锁。

这一创举几乎令所有的竞争对手始料不及。等他们回过神来早已为时太晚，大阪这个城市百分之九十的车主都与山田所在的公司签订了协议。而且即使他们开出更高的价格，那笔昂贵的违约赔偿金也令所有已经签约的车主望而却步。正是由于这种近乎垄断的方式抢占了商机和先机，使得该公司迅速发展壮大起来，在不到半年的时间，就收购了大阪几乎全部的洗车公司，并迅速向汽车美容行业过度。

这家洗车公司就是全日本最大的汽车天下洗车美容公司。从接手车顶广告到转型汽车美容，仅仅了6年的时间，汽车天下就从一个只有十几个伙计的小作坊模式，发展成为如今已在全日本拥有2000多家门店近44000名员工年产值过50亿日元的连锁企业，几乎占有日本洗车市场和汽车美容市场 90% 的有效份额。公司于 2010 年底成功上市，而当初那个差点面临裁员之痛的山田也早已成为这家公司的总裁。

　　成功的定义，有时候就是这么简单，换一个角度，成功或许就在被你经常忽略的汽车顶上。

小雨伞撑起大王国

亚马孙河位于南美洲的巴西境内，是世界上流域最广、流量最大的河流。它滋润着两岸数百万平方公里的广袤土地，也孕育了全世界最大的亚马孙热带雨林。

亚马孙河两岸都是像千层饼一样奇特的地貌，再加上到处都是茂密的原始森林，动植物资源和种类极其丰富多彩，所以，这里每年都吸引着全世界数以亿万计慕名而来的游客。

人群就是商机，川流不息的游客给两岸居民带来了无限的商机。饭店、商店、旅馆、旅行社犹如雨后春笋般，遍布了亚马孙河流域的每一条大街小巷。

热带雨林每年的 12-4 月份称为雨季。每当雨季来临，一天要下好几场雨，每场雨都有可能持续一两个小时甚至更长的时间。所以，这里最好卖的就是雨伞，卖的最烂的也还是雨伞。

在所有的街道，几乎每一家商店的柜架上都胡乱堆放着十几种老式的雨伞。这些雨伞的价值在当地人眼里似乎可有可无，就像是每个小店必备的那些毫无利润可言的小包面巾纸一样。

然而，实在令人费解的是，当地一个叫罗杰里奥的年轻人，居然在闹市区盘下了一间门面，准备专门销售雨伞。得知这个消息，亲戚、邻居几乎个个反对。即便几个隔壁店面的老板也私下里说，这个年轻人疯了，在这样的黄金市口卖毫无利润可言的雨伞，不亏的倾家荡产才怪呢。

罗杰里奥不这样想，他认为，每年有亿万的游客来亚马孙河流域旅游，只要是能抓住顾客，何愁没有商机。罗杰里奥的"雨伞王国"在众人的一片嘲笑声中低调开张了。

首先，他招聘人员在火车站、汽车站等人流密集的地方大量散发宣传单，承诺可以免费送货。并且大量赠送手提袋和一次性雨伞，当然这上面同样也印有醒目的标语：不管你在茂密的热带雨林还是亚马孙河的敞口船上，一个电话，我们将负责把雨具送到你的手里。

在当地，除了使用雨伞，传统的巴西市民很缺乏其他的雨具。经过充分的市场考察和调研，接下来，雨伞王国开始大力发展雨帽、雨衣、雨靴、雨裤等一系列配套产品。这样，不仅方便了游客，也使那些一手抓着雨伞在风雨中骑车的上班族可以腾出手来，而在泥泞中出行的市民也再也不用担心脚底会被荆棘扎破了。这些人性化的措施，使得该公司很快站稳了市场。

半年后，罗杰里奥开始在他的雨伞上打印一些大公司的广告，这些广告几乎在一夜间布满了亚马孙的热带雨林。直到这时，所有的雨具经销商这才猛然醒悟，原来，罗杰里奥卖的并不是单一的雨伞，雨伞王国也绝不是靠雨伞赚钱，该公司真正的生财之道是无处不在的广告。但为时已晚，此时的雨伞王国早已占据了亚马孙流域98%的雨伞销售份额，铺天盖地的广告收入让罗杰里奥赚了个盆满钵满。

从第一间门店到发展数百家雨具广告公司连锁店，他只用了不到5年的时间，而他的员工也从最初的10几个人一下子猛增到9000多人。前总统卢拉曾亲切地拍着他的肩膀说："一万个巴西家庭与你息息相关！"

成功真的无处不在，像罗杰里奥一样，在热带雨林卖雨伞，在所有人看来，几乎都是无利可图的事情，但即使如此，他还是成功了。他独辟蹊径，用一把把小小的雨伞撑起了他的商业王国。

让 A 大于等于 B

1963 年，布朗出生在美国西雅图一个叫卡迪纳的小镇。由于家境贫寒，14 岁那年，他不得不辍学在一家典当行做童工。

说起典当行，这在当地是一个很古老的行业，相当于中国的当铺。在西雅图郊区，有许多生活贫困的农民，他们习惯拿自己的物品到典当行去抵押或者直接低价卖掉，以换得一点点的钞票，再去别处购买农具、粮食或是自己需要的商品。而一旦这种商品他们不需要了，则又拿去典当行卖掉，也正因为此，典当行一度遍布了西雅图的大街小巷。可以说，在当地，由于同行间的恶意竞争和相互压低价格，典当行成了最普遍也是最不赚钱的行业。

慢慢的，布朗发现，很多人来到典当行，不是要直接要求典当，而是希望可以用自己手中的东西直接兑换店里的某件物品，但这种要求无不遭到老板的一一拒绝。次数多了，布朗敏感的意识到，要是可以开一家可以专门用来兑换物品的店面，岂不可以满足很多人的需求？而这个罅隙市场也一定蕴含着巨大的商机。

说到做到，布朗很快辞职了。他向亲戚朋友借了几百美元，在城郊结合部租用了一个闲置的大棚式的厂房，他把自己这种新式的交易作坊称之为置换行。由于基本上无需现金交易，而且交换形式灵活多样，一传十，十传百，布朗置换行逐渐受到了更多人的欢迎，很多人慕名而来。

这不同于一般的跳蚤市场那种廉价的买卖，也不是像某些商家的以旧换新业务。在置换行，允许所有的新旧物品予以兑换其他任何等价值的商品，并承诺可以多退少补。每种商品都由定价员核定出具体的并且是让双方满意的价格，比如说，你拿来一个吹风机，置换行定价员参考你的发票价格和商品折旧程度，给你估价 10 美元，也就是说，你就可以等价兑换一台价值 10 美元的微风电扇。当然，你也可以再加 10 美元兑换你所中意的那台 20 美元的卡式录音机。而这其中商机何在？那就是作为你不需要品折价为 10 美元的吹风机，再次作为需要商品兑换给别人的时候，它的标价可能早已上升为 15 美元。

布朗置换行的业务很快辐射到整个西雅图，接下来，他开始致力发展连锁，如今，他的分店几乎遍布全美的任何一个州。从一根小小的缝衣针到各种手续俱全的铲车和家用电器，几乎是应有尽有。一个曾经小小的并且毫不显眼的置换行，在不到 10 年的时间，居然用自己独特的方式创造了奇迹和神奇。

美国一家著名的推销学校把布朗的成功写成了案例，在案例结尾有着这样的评述：原来，仅仅在需要和不需要之间，也有着如此巨大的学问。让 A 等于 B 也许是一件很容易的事情，这仅仅是一种简单的置换。而让 A 大于等于 B，这就是商机。

让金鱼在墙上游

西蒙是日本一家水族公司的水族箱巡回维护员。他主要的工作是负责养护水族箱里那种用于观赏展示的鱼类和海洋生物，包括换水、加食，以及供氧维护等。

由于水族箱内多为金鱼、热带鱼或海洋生物，所以必须常年保持恒定的温度，而某些娇贵的海洋生物则必须供给纯天然无污染的海水。水族箱内的生物喂养也极其讲究，必须定时定量补给无污染的饲料，而那种装饰用的新鲜水藻则必须放在海水里空运。更有甚者，那种使动物保持色泽艳丽的无毒人工色素在全日本居然只有一家株式会社可以生产。再加上水族箱箱体的维护，员工的上门费用等等，凡此种种，一个水族箱一年的维护成本也贵的惊人。也正因为如此，有人戏言，水族箱里的热带鱼是一种买得起，养不起的昂贵宠物。而一家知名杂志更是用极其详尽的数据来表明：在日本，养护一个大型水族箱的费用，比养一个孩子的成本要大得多。

在全国各地的巡回维护中，西蒙不断听到有顾客抱怨说，这种金鱼和热带鱼要是不要喂食就好了；要是不用海水就能养活它们就好了。而西蒙所能做到的充其量只能是极其惋惜地用专业工具打捞出那些死掉的五颜六色的鱼类，为了防止污染，再换掉满满的一箱经过消毒的专用淡水或海水。

听的多了，西蒙自己也觉得惋惜，是啊，要是能发明一种既不需要喂食，又不会死掉的金鱼，那该多好啊。

说到做到，西蒙辞掉了自己的工作，在家里开始了自己的研究。他查遍了附近的图书馆，可所有的资料显示，世界上根本就不可能有这种神奇的不需喂食并且不会死掉的金鱼。研究一下子陷入了僵局。

一个周末，他带4岁的女儿去看投影电影。灯光暗处，随着投影机的光线打在屏幕上，前方出现了一方立体的海底世界。当看到无数只鱼儿在屏幕上游来游去，他一下子来了灵感，何不用一个投影机，把彩色的图像投射到墙壁，再配上游动的金鱼，这样前方的墙壁不就成了不需要喂食的水族箱？

从最初的投影到把电脑安装到玻璃幕墙内，经过了无数次的研究，他终于发明了一种真正意义上不需要喂食、不会死亡的电子鱼水族箱。这种水族箱的体积可小至只饲养一条鱼的小鱼缸，大则需要配备精密支援系统，可以模拟整个海洋生态全面展示的全方位立体水景。

这种新型的水族箱不仅经济适用，而且简便轻巧。只是在一个立体的透明鱼缸里放置一台同时向六个面体发射图像的微电脑，从每个角度都可以看到设置好的鱼类在自由游动。不仅可以达到以假乱真的效果，还可以随时更换背景，真正属于一次投入，终生受益，并且不再需要任何花费。由于其色彩鲜艳，装饰性强，这款无需喂养的水族箱一经问世，就在全日本产生了轰动。不仅如此，西蒙还郑重承诺，该公司生产的所有电脑水族箱，可终身享受免费维修，这样也免去了所有客户的后顾之忧。在奉行环保的日本，这种新式的微电脑水族箱作为全日本最为新潮的室内装饰品，不仅很快就彻底取代了传统的水族箱，成为许多公司和社团新式的风水屏，还一跃成为馈赠送礼的最佳物品。在短短的半年时间，便迅速风靡了整个日本，并逐步远销到东南亚等多个国家和地区。

　　同样是一条金鱼，你可以让它以两种不同的方式在墙上游动。传统的金鱼离不开水，也离不开食物，而换一种方式，这就是西蒙的成功之道——日本朝日新闻这样报道他的成功，相信这句话对所有的人都会有所启迪。

在海底开餐厅

　　一个叫藤井的年轻人，背井离乡，来到了日本大阪，在闹市区开了一家西餐厅。他期待用自己的勤奋努力实现人生的转机。

　　然而，由于没有特色经营，再加上大阪的餐饮业竞争尤为剧烈，所以，开业半年来，他的西餐厅生意一直不景气，仅仅能够维持生计。

　　这不是藤井想要的生活。他自己心里很明白，自己的餐厅，无论是从资金，还是规模都远远无法和大阪街头那些跨国连锁餐厅相抗衡。若想改变，唯有走新奇制胜的道路。那么，如何才能独辟蹊径，吸引顾客的眼光，让自己的生意越做越大呢？藤井陷入了深思。

　　一个周末，藤井带 5 岁的女儿去海底世界游玩。置身于美轮美奂的海底世界，看着海洋生物在眼前游来游去，藤井一扫心头多日的阴霾，心情也愈发开朗起来。在休息区，藤井看到一对情侣依偎在一起，吃着带来的简餐，如痴如醉的看着来回游动的海洋生物。那种浪漫的场景，突然给了藤井一种灵感，是啊，自己为什么不开个真正意义上的海底餐厅？

　　说到做到，藤井在获得当地渔业部门的允许后，在近海湾开始了自己的海底餐厅的酝酿和实施。在水下 5 米的深度，为了防止海水的压力，首先，他用类似于海洋颜色的特殊型材做成圆弧形框架结构，在外面再罩上 5 英寸厚的抗水压、透明的丙稀酸脂材料，这样也可最大限度把视角扩大到 270°。藤井设置了数十个这样首尾相互连接的透明餐厅，一直延伸到海里。为了使效果更为逼真，他还在餐厅地面铺设了类似于海滩上那种细沙装饰，把海风通过特殊装置传到餐厅里，让顾客可以"闻"到大海的味道。不仅如此，餐厅所有的装饰都和海洋有关，吊灯是海星、水母或仿珊瑚的款式，餐桌用海底的礁石修琢而成，椅子则像一个个浮动的水母，而桌椅旁的围挡全是海底真正的水草，即使碗盘也是做成海蚌或者鱼类的形状。

餐厅四周，环绕着颜色秀丽的珊瑚礁岛。置身其间，前后左右和头顶，各种海洋生物在珊瑚礁里自由自在的穿梭游动，再加上摇曳的水藻类植物，和美轮美奂的灯光投影，伴随着孩子们和妇女的尖叫，不时，一只巨大的鲨鱼或者海龟从眼前一晃而过，美酒佳肴，举杯邀约，让人仿佛置身于缤纷绚丽的梦境之中。

藤井的海底餐厅一经推出，立刻吸引了众多的日本人。终日里高强度生活的日本民众，很难在吃饭的时候也获得消遣，所以，海底餐厅几乎是一炮走红。半年后，由于排队人数众多，据说是在当地街道引发了众多的窃贼并且带来了强烈的消防隐患，所以，在民众和当地政府的一致干涉下，该餐厅不得不一次次扩大规模。然而，即便如此，来餐厅消费的顾客还是人满为患，不得不提前一个星期甚至更久的时间来预定桌位。后来，一传十，十传百，海底餐厅逐步演变成为当地的旅游名片。美国前国务卿赖斯和英国前首相布朗出访日本的时候，都曾特别指定要到该餐厅用餐，由此，也足可窥见其影响力之大。

同样的厨师，同样的口味，同样的餐厅，从地上开到了海底，就能取得意想不到的效果。很多时候，顾客吃的不仅仅是口味，而是心情和环境。这是多年后藤井在自己自传上写下的一段最为经典的话语，相信对所有的人都会有所启迪。

一个灵感缔造的传奇

时光倒溯到 68 年前，一个叫吴百福的日籍台湾人在大阪经营着一家很不起眼的针织品株式会社。他每天的工作基本上就是随车运送货物，说的直白一点，就是搬运工。

由于工作的特殊性质，他几乎每天都是在饥肠饿肚中度过。在日本，洋快餐一直被视为垃圾食品，说是方便快捷，可算上排队等候的时间，少说也得等上半个小时。对于他这样每天靠贩卖以及赚物品差价来过日子的人来说，根本就浪费不起时间。而沿途商店叫卖的那些汉堡、鸡翅，既贵又不合胃口，而且在途中又很容易生冷变质，更不方便长途携带。

一天，在凛冽的寒风中，吴百福缩着脖子，再一次感到饥寒交迫。他看着前面一家面馆前排的长长的队伍，听到自己肚子咕噜噜的叫声，突然，他产生一个灵感：要是能够发明一种新式的面条，随时打开，随时就可以食用，那该有多好啊。也许，这小小的面条上，大有文章可做。

说到做到，他开始翻阅手头能查询到的一切资料，即使在送货的途中，他也开始留意起身边任何可以称为方便食品的东西。然而，除了那种提供军需的压缩饼干，几乎没有任何东西可以替代传统的面条。吴百福买了一台旧的轧面机，一大堆各式各样的面粉和一台

第二辑　把自己打造成品牌

炒锅，开始了试制工作。然而加了盐的面粉在轧制的时候，总是出现泡沫般的团块，于是他尝试把面条轧制成型后在盐水里浸泡。接下来，就是如何将面条煮熟晾干，最初，他选择阳光照晒，然而这种办法，耗时费力，不适合大规模生产，再尝试高温炙烤，却发现面条一经高温就很容易断裂，研制工作一下子陷入了困境。

一个周末，吴百福在家里给儿子炸薯条。他一手拿着资料，一手伸向灶台，一不小心，他把妻子昨天擀好的鸡蛋面条倒入了锅里。匆忙中，他赶紧用漏勺捞出已经被油炸发黄变硬的面条，在一旁沥干。谁知，晚上妻子回来，对他所做的面条赞不绝口。他一下子明白了，把面条从加热的油锅里过油，应该是最好的脱水方法。因为，经过油炸后的面条，会出现很多小孔，这些小孔更容易吸收水分，从而，使面条变得更加松软可口，而且极富有弹性，传统的面条几乎很难与之媲美。为了能够适合大多数人不同的口味，他把不同的汤料灌进一个小包装袋里，这就是后来成为影响众多快餐食品变革的方便面调料包。

1958 年 8 月 25 日，经过无数次的改良和实验，吴百福终于推出了全球第一袋速食方便面。其后，该公司又相继推出了桶装、杯装和碗装等多种包装。他的广告语是：只需要一杯开水，两分钟浸泡，就可以填饱肚子。方便面以其便宜、好吃、方便、保存时间长又便于携带的特点，一经问世，就迅速打开了国内外市场。这个吴百福就是日本著名的日清公司的创始人，他的日文名字叫安藤百福。截至 2011 年，全球方便面销量逾 1100 亿包，被誉为全日本仅次于卡拉 OK，排名第二的二十世纪最伟大的发明。

成功无处不在，按安藤百福自己的话说，方便面的发明是自己长期以来"被饥饿折磨偶然催生的灵感"。日本朝日新闻在对安藤百福的采访中曾这样形容，不是每一个灵感都能得到很好的重视和把握。而他却及时抓住了这转瞬而逝的灵感，不仅缔造了一个上市公司的神话与传奇，同时，也为全球亿万民众带来了方便快捷和福祉。

成功价值两毛二

在寒冷的莫斯科，一年的平均气温只有 4.9°，真正可以用天寒地冻来形容。有短缺必有市场，也正因为此，各种取暖器材异常热销，由于产品和功能基本大同小异，少有创新，再加上残酷的竞争，使得很多厂家都濒临倒闭的行列。

在圣彼得堡，有一家落地式电动取暖器厂，也同样陷入了这种尴尬的境地。仓库里的产品几乎堆满了所有的角落，而采购原材料的资金却一直无法筹措到，很多机器不得不停止运作。如何才能在激烈的竞争中使工厂立于不败之地，这成了摆在每一个员工眼前并且是迫在眉睫的问题。

厂长尼古拉耶维奇·普鲁申科决定孤注一掷，他期望低价变卖产品，用广告来改变工厂的命运。然而，在全体员工大会上，这个提议几乎遭到了所有人的反对。因为，在报纸的黄金位置和电台投放广告，其投注是非常惊人的数字。这时，一个新来的叫帕夫洛夫斯基的年轻人自告奋勇，他决定用自己的实际行动来彻底改变工厂的命运。

通过调研，帕夫洛夫斯基发现，在该地区，单是像这样生产取暖器的行业，就有 200 多家。这其间，尽管取暖器的形状千奇百怪，其功能却只有一个，为了取暖。由于其瞬间可以加热，所以安全成了最主要的问题，曾经有多个家庭由于使用不当造成取暖器倾倒而使家中的财产毁于一炬。还有一次，据媒体透露，一个幼儿由于被宠物狗扒翻了取暖器而使面部遭到严重烫伤，这众多的意外也严重降低了落地式取暖器在人们心目中根深蒂固的主导地位。他由此得出结论，这种取暖器根本就不需要做广告，其功效早已家喻户晓，相反，他觉得，只有在安全上做足文章，才是最关键的事情。

那么，如何才能使这个高温的玩意儿做到真正安全可靠呢？整整一个月，帕夫洛夫斯基不断地摆弄着手里的那台落地式电动取暖器。经过苦思冥想，他终于发明了一种小小的嵌入式装置，就是在打开取暖器的电源开关后，必须使机身平放，嵌入式开关受到挤压才能接通电源，而稍一倾侧，底盘下那个小小的嵌入式装置就会松开，从而自动断开电源。真正保证了取暖器在倾倒时候不会发生火灾和意外伤害。而让任何人不会想到的是，这个神秘装置所用的材料仅仅是一个塑料棍、一块铁片、一根弹簧和两颗螺丝，其价值仅仅一俄罗斯币，折合人民币两毛二分钱。

该产品一经问世，即受到了广大客户的异常青睐。几乎所有的家庭都换掉了那种容易引发火灾的老式取暖器，该工厂一下子赚了个盆满钵满。等那些竞争对手反应过来，为时已晚，该工厂早已率先注册了该款取暖器的全球专利。

后来，在原有的基础上，帕夫洛夫斯基还设计了高温自动关机和漏电自动保护功能，使该款取暖器真正做到了万无一失。无论是倾倒还是被覆盖，甚至，即使你把它丢在水里，该产品都可以自动切断电源。如今，该厂的产品几乎遍及了全俄罗斯的每一个角落，并且远销全球数十个国家和地区。

成功，有时候就是这么简单，放弃了高额的近数十万俄罗斯币的广告，帕夫洛夫斯基在每一台取暖器上的改良仅仅只花了两毛二分钱，就使一家濒临倒闭的企业重新焕发出生机，这个中缘由，不得不令人思考。

影响乔布斯一生的两个小故事

有人说，有三个苹果改变了世界，第一个诱惑了夏娃，第二个砸醒了牛顿，而第三个则在乔布斯的掌控中。这句话也许绝不为夸张。

2009 年，乔布斯在母校里德学院讲学期间曾多次提到这样两个小故事——

（一）

斯蒂芬家族在当地是一个名门望族，这个家族有近 100 多人在一起生活，包括每日的饮食起居。一天，保罗在吃中饭前和几个同伴打赌，并且吹嘘自己在这个家族的地位是如何之高，同伴很不以为然。于是，保罗躲在大圆桌下，用低垂的桌布挡住自己，他希望看到整个家族的人因为找不到自己是如何的焦急。然而，令他备感失望的是，由于这个家族实行大人和小孩分餐制，所以，整个一顿饭的时间，他觉得尽管嘈杂的声音掩盖了自己扑通扑通的心跳，但是，大家却各自埋着头，往自己的碗里夹菜，居然没有任何人提起到他，也没有任何人发现这个中午，饭桌上居然少了一个人。结果是，整整一个下午，保罗只有饿着肚子。

（二）

美国第 31 任总统罗斯福生性幽默，也极其平易近人。一次，他和自己竞选团队的几个官员在温泉里洗浴，换了浴衣后，他要求随行的人员都各自分散开，相互之间不要说话，等一会儿回到白宫，再各自汇报自己的心得。一行人就这样安静的在温泉里泡浴，第一次没有众人的欢呼围观，也没有镁光灯的追逐与闪烁。任何人也不知道，在这个极其普通的浴池里，居然有着自己国家的最高元首和诸位政府高级官员。最后，罗斯福总统对随从说，除去了大家所熟悉的行装，我们每一个人都是极其普通的人。

学生时代的乔布斯就十分聪颖，他常常用自己的聪明才智搞一些恶作剧，并且极度鄙视身边那些所谓的笨小孩，甚至不愿和他们在一起玩耍。他的养父保罗·乔布斯一直把他视为己出。对于儿子的种种自以为是的行为，养父很是焦急，于是，养父就常常给小乔布斯讲上面的两个故事，潜移默化间，这两个故事也几乎改变了乔布斯的一生。

从此，乔布斯不再好高骛远，他一步一个脚印，在 21 岁时，他成立了苹果公司。他常常教育自己的团队，不要好高骛远，要脚踏实地，拼搏进取，把每一个零配件都要做到精益求精。很多年来，乔布斯用自己的实际行动，切实影响了苹果公司的每一名员工。也正因为此，苹果公司率先打破诺基亚连续 15 年全球销售量第一的神话，成为全球第一大手机生产商，并于 2012 年 2 月 3 日，首次超过惠普，成为全球最大 PC 厂商。

乔布斯用这两个故事告诉自己的学弟学妹，也告诉了世人：在任何时候，你都不要认为自己很了不起，更不要感觉到自己有丝毫的与众不同，但却一定要在骨子里做到卓越不凡，这也是苹果最终走入千家万户的主要原因。

成功就是变不可能为可能

在德国慕尼黑的伊萨尔河流域，是一大片一望无垠的棉花种植区。这里的棉花产量几乎占据了全德国产量的大半以上，因此，相关棉花的产业在当地极其兴盛发达。尤其是棉被的制作，几乎占据了村民们的主要收入来源。

像众多的私营业主一样，奥斯顿在当地也经营着一间小小的棉被加工厂。但由于棉花制品成型后非常蓬松和耗费空间，所以运输和储存也就成了最困扰他的头等问题：偌大一个仓库只能堆放几百床棉被，一节车皮也只能运送几千床棉被，而且，由于运输成本的不断增加，他几乎越来越无利可图了。一天，奥斯顿突然灵机一动，要是能把棉被压缩到最小的状态，这样，不就可以最大限度的做到节约和利用空间了吗？

说到做到，他马上开始着手解决棉被的储存和运输问题。首先，他尝试重压法，就是在棉被堆放过程中，隔着几床棉被就放上铁板或石块重压。然而，这种方法只能适合仓库的物品摆放，而一旦运输，其重量往往超过棉被的数十倍。后来，他再尝试把棉被用绳索交叉捆绑，可效果还是不很明显，凡是绳索没有捆到的地方，照样还是蓬松。而且捆扎后的棉被，那几道深深的捆扎痕迹，也极其影响其美观和使用效果。

一个周末，奥斯顿去参加当地一家新开企业的庆典，大门口人山人海，彩旗飘飘。为了烘托气氛，该企业还特地从慕尼黑租借了一个巨大的充气拱门，这种拱门在当地可是新鲜事物，几乎吸引了所有人的目光。吉时一过，工人开始放出拱门里的气体，偌大的一个拱门，一瞬间居然被工人熟练地折叠起来，装到一个不大的背包里。这时，奥斯顿突然来了灵感：自己何不想办法抽掉棉被里多余的空气？这样，或许也可以把又松又软的棉被装进一个小小的袋子里呢！

于是，他尝试将棉被装进一种加厚的透明包装袋内，封口后，将被子重压，然后抽去里面的空气，形成真空。果然，经过这种真空袋的重新包装，最有效的节约了空间，也极大地方便了棉被的存放和运输。他的这种可以抽取空气的包装袋一经推出，很快就获得了当地棉农们的青睐，大家纷纷提前付款要求大量预定，包装袋很快供不应求。可以说，真空袋为他掘得了人生的第一桶金。

通过研究，他还发现，将包装袋中空气全部抽出，在完全缺氧的状态下，细菌几乎无法生存。从理论上来说，这种真空袋应该还同时具有保鲜、防潮、防霉、防虫、防腐蚀、防污染等多种功效。所以，它的功能已经不仅仅局限于货物的存储和运输，更能有效地延长产品保质期、保鲜期。他凭着敏锐的眼光看到了商机。后来，他及时变卖掉棉田，开始全面研制真空包装机。

1961 年，奥斯顿成功研制了世界上第一台真空包装机，由于其在食品、运输等各个领域的突出贡献，该产品一经面世，就很快被各行各业所接受，不到两年的时间，他的真空产品已覆盖了全球 60多个国家和地区。这家企业就是闻名世界的德国莫迪维克真空包装机生产厂商。

很多时候，墨守成规，你就永远不能有所创新，只有跳出思维的束缚和羁绊，在没有需求的地方创造需求，并且，把不可能的事情变为可能，这才是成功之真正所在。

把二手相机卖出新品的价格

把每一台被淘汰的旧相机都卖出新品的价格，你相信吗？说实话，刚开始，我也不相信，但日本一个叫川上的年轻人却真的做到了。并且，凭着这个创意，他很快赚了个盆满钵满。

稍有点摄影常识的人应该都知道，在摄影界，那些发烧友们对相机以及镜头的淘汰或置换相当频繁。曾经有人开玩笑说，养一个单反相机，比养一个老婆的成本还要高。尽管这种说法过于夸张。但一台高像素的单反相机售价往往是近万元，一个好一点的镜头则动辄数万元，而对于近距离摄影、远景和广角拍摄，摄影者为了方便及时地捕捉灵感，还必须同时配备多部相机和多个镜头，这确实令很多发烧友大呼玩不起。

像众多的摄影爱好者一样，在日本大阪，有一个叫川上的年轻人，他也深深地痴迷着摄影，然而，他只有一台傻瓜相机。每个周末，他都会背上那台傻瓜相机外出拍摄美丽的自然景色，尽管拍出的照片不够清晰。他很渴望自己也能有一台拍摄效果稍好的单反相机，但倘若购买单反相机，自己那台旧的相机就只有折价卖出了，这样将损失很多钱。于是，很多次，他只能隔着电器店的橱窗玻璃偷偷望一眼那一款自己心仪已久的单反相机。

一天，他和一个摄影朋友聊起这种无奈，朋友也有一台入门的近距离单反相机想要置换。感慨良久，朋友突然说，要是每个人的旧相机可以保持原价置换，这该有多好啊。说者无心，听者有意，川上陷入了沉思，他想，也许这里蕴藏着巨大的商机呢。

第二天，他制作了一份表格，来到电器店的门口，他要做一份市场调查，那就是旧相机的价值究竟该如何计算，一大半的受访者都填写了希望能以原价的 90% 来成交。对于原价置换，在他走访的100 个潜在顾客中，绝大部分都认为这种想法实在是不可思议，只有一小部分人认为，只要有需求，就不排除有原价置换的可能。这次市场调查，更加坚定了他的信心。

他很快成立了一个相机置换中心，按摄影的四个阶段——入门、初级、中级和高级阶段，他分设了 4 个展区，开始无偿展出摄影爱好者淘汰下来的设备。说是淘汰，其实这些相机的配件与新品几乎没有什么大的区别，因为每一个摄影爱好者都像对待自己的眼睛一样呵护着自己的相机。在当天的展出时间，便有很多发烧友明确表达了希望以原价格置换的要求。因为根据展览方的要求，他们知道，当自己以原价置换对方相机配件的同时，自己的相机配件也可以按照原价置换给另外的需求者。而这一切，只要向川上的置换中心提供一份承诺绝无欺诈的原始的购物发票即可。

川上迅速成立了自己的公司网站，通过网络和广告的宣传，他的公司很快成为日本更多的消费者所熟悉和认知的品牌。由于其卓越的宣传和影响力，以至于一些著名的相机厂商也在他的公司设立了可置换和免费维修专柜。虽然川上的置换中心只收取一小部分的利润，但由于其几乎垄断了全日本最大的二手相机置换市场，所以他的置换中心很快发展壮大起来。不到 4 年的时间，川上相机置换中心已发展成为当地最大的相机销售和售后服务商，并陆续在世界各地的许多大中城市设立了分部。

世界上的事情，只有想不到，没有不可能。把淘汰的二手相机卖出新品的价格，在好多人看来，这简直令人难以置信的事情，而川上却从这所谓的不可能中挖掘出了先机和商机。

只有想不到，没有不可能

有这样两个风马牛不相及的产品——

扫地拖鞋

在一般人的心里，拖鞋在室内是越踩越脏。特别是家里来了亲戚，无意中，弹点香烟灰或者溅点茶水到地上，再经过拖鞋的踩踏，污染的地面只能用惨不忍睹来形容。

而中国一位发明者却独辟蹊径，彻底颠覆了这种传统的想法，他研发了这样一种可以扫地的拖鞋。这种拖鞋的鞋体和普通的拖鞋别无异样，也是由鞋底和鞋面两部分组成，所不同的是这种扫地拖鞋的鞋底稍微厚一些，在鞋底内藏有一层可抽拉式的空心盒子。而在鞋头靠近地面的位置处暗设了一个斜面开口，开口底边前伸，在开口处安装有可横向转动的转轴，转轴表面粘贴刷毛并由电机控制，电机安装在鞋底内部，刷毛延伸出鞋底表面。工作时，使用者闭合开关，转轴带动刷毛开始快速旋转。当刷毛与地面接触，刷毛可把地面上的垃圾、灰尘吸附并带入空心盒内进行储存。而由于这种扫地拖鞋的底部有一层吸水性能极好超细纤维，再加上转轴旋转的微风，地面的水滴很快就可风干。这种扫地拖鞋清理时也极其简单，只需抽出空盒，倒出里面的垃圾便可。

就这样在日常的走动中，既锻炼了身体，又在不知不觉中清洁了地面，何乐而不为？

项链救生圈

在印度，由于全年气候炎热，加上湖泊星罗棋布，该国的溺水死亡率一直排在世界前列。而对待溺水，其最有效的防治办法就是佩带救生圈或穿上臃肿的救生衣，然而，这两种方式都极为不便。也正是鉴于此，由印度设计师 SanuKR 设计了一种外形时尚简约但使用效果极佳的项链救生圈。

这种救生圈的外形就像是普通的项链。在使用前，它非常小巧，可以装在你的包里或者放进贴身的口袋。项链由三部分组成：黑色气囊、内含二氧化碳发生器，以及一段起到保险锁作用的绳子。该装置的使用原理类似于汽车的安全气囊，在遇到紧急情况时，使用者只要扯断绳子打开安全锁，就可以激发二氧化碳发生器，让其快速给气囊充气，只需要短短的几秒钟，就可以将这种特殊的材质迅速膨胀成一个足以承受成人体重的救生圈。提供足够的浮力，让使用者在水中遇到紧急状况时，能够安全地漂浮在水面凭借自身的力量游向岸边，或者等待救援人员的到来。

一根小小的项链，居然可以挽救一个人的生命。这实在有些不可思议。

在一般人的习惯思维中，拖鞋是用来穿的，项链是用来戴的，而让拖鞋能够扫地，项链可以用来救生，这种独辟蹊径，才是成功之真正所在。只有想不到，没有不可能，我想这也许是两家企业很快便占领国内外市场并最终赚的盆满钵满的主要原因。

免费午餐的创意

大凡有过外出经历的人，都知道，出门在外，衣食住行，凡此种种，无不需要烦心费力，尤其是到了一个陌生的城市，那不菲的旅馆住宿和餐饮费用更让人直呼招架不起。那么，这个世界上究竟有没有免费的午餐？回答居然是，有。

1980年，在经济危机大潮的影响下，杰克被单位解雇了。一家3口，从此居无定所，连生计也成了问题。

一个冬日，在租住的木板房里，女儿一边啃着生冷的牛油面包，一边和杰克闹着要吃肯德基香辣鸡腿堡。杰克自言自语说道，要是有免费赠送的汉堡就好了。妻子耸了耸肩，没好气的抢白他，哦，杰克，你认为这世界上真的有免费的午餐吗？说者无意，听者有心。是啊，免费的午餐，这倒是一个极其诱惑人的创意。接下来的日子，杰克开始留意起这世界上究竟是否有免费的午餐。

这天，杰克在去一个单位应聘途中，无意间，他在一张废弃报纸上看到这样一条新闻，说是最近在日本街头，有一种免费赠送听装饮料的机器。无论是谁，只要你按下按钮，在机器的屏幕前看上3分钟的广告，即可免费获赠一听饮料。

这绝对是一个创举，杰克陷入了沉思。他联想起在洛杉矶这个陌生的小镇，自己找工作时的遇到的种种艰辛和无奈，他突发奇想，在这个小镇，以丰厚的旅游资源最为吸引外地的游客，也许，开一家真正意义上的免费餐馆，将会有很多人光顾呢。

说到做到，他马上开始筹备起自己的免费餐馆。首先，他与当地的电信部门联手，在前台接入宾客的订房电话时植入了某品牌的手机广告。这样，该品牌手机可以支付宾客 10% 的入住费用。

免费餐馆的楼梯、墙壁包括灯箱，无不恰如其分植入了各大知名厂商的广告。在餐馆入住的客人只要能够提出一条建议和意见，还可以免费试用某洗化公司提供的小包装洗漱用品。并且，该洗化公司还承诺额外支付宾客 10% 的入住费用。不仅如此，餐馆内的桌椅、空调、电视，调料、菜肴、房租，甚至是接送客人的班车都有专门的厂商负责投资，而这所有的一切只有一个附加条件，那就是入住者必须为厂商出谋划策，或者接听一定数量的广告。

为了最大限度地减少投资厂商的额外付出，杰克把免费餐馆的入住人数一直控制在 100 人，并打出了"一日三餐，天上真的掉馅饼"、"用心服务百分百"这一系列脍炙人口的广告。

免费餐馆一炮走红，很多人到这个小镇旅游，都要提前几个月打电话预定。很多厂商为了抢先加盟免费餐馆，甚至不惜展开了一轮又一轮的投标竞争。单是预定餐馆的广告接入费用和电信公司支付的巨额分红就让杰克赚的盆满钵满。很快，杰克就从昔日居无定所的穷光蛋一跃成为当地最有名气的富翁。

在所有人的心目中都会认为，这个世界上绝对没有免费的午餐，而杰克所一手创办的免费餐馆，其创意就是颠覆了长期以来在人们心目中那种根深蒂固的想法，想别人所不能想，并且，把不可思议的事情变为现实，这才是成功之真正所在。

把商品折叠起来

出差或旅游在外，很多人都有这样一种感觉，在饥渴难当，且前不巴村后不巴店的时候，泡上一桶方便面，不用去品尝，单是那仰起头，挑起面，呼噜一声放进嘴里的肢体语言，就足以让满车的人垂涎欲滴了，那种满屋飘香的味道，也足以诱惑每一个人的味蕾。

村上是大阪一家灯具厂的推销员，由于工作的原因，他也是常年出差在外，在两个城市之间不停地奔波，并且一年有大半的时间在饱受着饥饿的折磨，以至于患上了严重的胃病。所以，每到一个城市，村上总会提前买上一些可以充饥的东西，这种价廉物美，而且方便快捷的桶装方便面就是村上的首选。让村上唯一觉得遗憾的是，这种方便面携带不够方便，不仅占用空间，且沿途的颠簸很容易让里面的面块破碎变形。更为重要的是，作为一名推销员，这样提着大包小包，在拜访客户的时候确实也有损形象，搞得自己很没面子。有好几次，为了避免拜访客户时尴尬，村上不得不在中途扔掉几桶方便面。很多时候，村上在想，要是有一种便于携带或者是可以放在公文包里的方便面那该有多好啊！虽然，这种想法有一些单纯和天真，但从此，这个念头一直萦绕在村上的脑海中。

这一天，村上在列车上再一次饱尝了那种饥肠饿肚，近乎前腔贴后腔的感觉，他后悔为什么不在火车站买上几桶方便面或者零食。

可送他到站的客户衣着考究光鲜，让他实在无颜去买那种大包小包的东西。5个小时的车程，村上是在听着自己肚子咕噜咕噜的声音中艰难度过的，而列车员推着餐车沿车厢叫卖的盒饭动辄便是数百日元一份，这让家境贫寒的村上实在无法接受。他再次想到了那种便于携带的方便面。

在火车站，一个小伙子提着一辆折叠自行车，三下五下，几步操作，便骑着自行车轻盈而去。村上忽而眼前一亮，是啊，为什么不发明一种折叠包装的桶面，这样不就可以彻底解决绝大多数人出差在外的饮食难题了吗！说到做到，村上马上开始投入到折叠方便面的研究之中。

首先，村上用中软材料替换了传统的硬质材料面桶，单此一项，就节约了近一半的包装成本，不仅如此，村上还设计了一种底部和两壁都可以折叠的面桶，这种包装只比一块普通方便面面块略大一圈。由于包装紧凑，放在包装盒里的两包调料刚好挤住面饼，也不再容易破碎变形了。而在食用的时候，你只需轻轻撕开外包装的塑料皮，两只手分别捏住底部和顶部的拉钮轻轻一拉，就成了桶状。

村上迅速到当地版权局申请了包装专利，很快，一种便于携带的折叠方便面便迅速推出。日本人适应了快生活节奏，所以，这种方便快捷且不易变形的桶面刚一问世，就吸引了大家的眼球。由于包装的独特精美，甚至，很多小朋友和成年人为了得到方便面的外包装，还专门去商店里买这种方便面回来，拆去面块，将这种盒子重新包装一下，就可以做成礼物送人。很快，折叠方便面占领了大阪方便面市场近一半的份额，且呈现供不应求的趋势，村上也迅速组建了自己的折叠用品株式会社。

同样的面饼，同样的调料，仅仅换了一个外包装，村上就把一桶小小的方便面做成奇迹。成功无处不在，有时候，仅仅需要你从另一个视角去品读和发现。

来自远古的创意

1970 年，一场经济危机横扫日本，秋野所在的单位倒闭，从此，他也加入了失业大军的行列。寒冷的冬天，一家五口只靠着妻子开办的一个小商店的收入来勉强维持生计，日子过的捉襟见肘。面对着年迈的父母和嗷嗷待哺的儿子，秋野和妻子一筹莫展。

都说知识改变命运，秋野在失业期间一直苦苦研读，尤其是关于中国的文字。他期待用知识来武装自己。

这天，在研读中国历史的时候，秋野无意间接触到这样一个词汇：驿站。查询得知，驿站是中国古代供传递官府文书和军事情报的人或来往官员途中食宿、换马的场所。

秋野灵机一动，不禁掩卷常思。自己的家刚好靠近高速公路，为什么不能像古代中国的驿站一样，为来往的旅客提供住宿和餐饮服务呢。

说到做到，他首先说服了当地交通部门，希望对方在高速公路开一条出口，而作为回报，他承诺永久为来往车辆提供免费停车服务。得到首肯后，他迅速地开辟了一块废弃的土地作为停车场，并筹资修建了整齐划一的具有地方特色的房屋，以方便过往旅客的休息和住宿。不仅如此，秋野还提供热水泡面，快餐服务和商品售卖等等，这些设施和配套服务也就是后来高速公路服务区的雏形。

首战告捷，秋野开始了统一店面的形象宣传和资源整合，并致力发展连锁。在店面装修中，彻底融入家的氛围与格调，无论是房屋内饰，床榻被褥，都追求返璞归真，不求奢华，但求舒适。"不一样的城市，一样的秋野驿站"，单是餐具和外墙上这一句极其温馨的文字，就足以给人一种宾至如归的感觉。

如今在日本的很多条公路，每隔数十公里，你就会看到一家完全熟悉且备具亲切感的秋野驿站。秋野驿站早已跳出了中国古代历史上那种传统意义上的餐饮住宿，不仅提供代售车票，还提供邮件托管和商品送达多种服务，想宾客之所想，正如该驿站的广告语所说的，从你的车轮踏上高速公路开始，秋野驿站即和你息息相关。

秋野驿站在日本高速公路发展了数十家连锁企业。秋野也从当初的穷小子一跃成为秋野驿站的总裁。在《朝日新闻》的一段访谈中，秋野侃侃而谈，而他说的最多的一句话则是，我的成功来自中国，来自中国古代一个美好的词汇 。

生活需要品读和发现，而像秋野一样，能从一个简单的词汇寻找到来自远古的创意，并且由此发掘出商机，这才是成功之真正所在。

在胸卡上加个零

提起苹果公司，恐怕是无人不知无人不晓。尤其是该公司那个形象生动的注册商标——一只被咬掉了一口的苹果，更是随着其电子产品在全世界的日益普及而走进了千家万户，妇孺皆知。

时光倒溯到 1976 年，时年 21 岁的史蒂夫·乔布斯和他的两个朋友组建了苹果公司。在创业伊始，公司只有 5 名员工。他们拥挤在一间简陋的办公室里办公并且装配机器，尽管条件窘迫，他们还是在这极为艰苦的环境中开始了苹果产品的早期研发。任何人也不会想到，甚至包括乔布斯本人在内，苹果最终会走向世界并改变全世界对电子产品的传统认识。

在这期间，乔布斯和几位合伙人经常和员工一起出去推销机器。在外出推销的时候，他们经常遇到一些工厂保安和小区门卫的阻拦，解释起来真的很费口舌。为了树立公司形象，乔布斯决定为所有的员工制作胸卡和介绍信。在这个时候，苹果公司已经拥有 10 名员工，因此，乔布斯定做了 10 张胸卡，编号从 01—10，胸卡发下来了，大家都爱不释手。因为胸卡的装帧确实非常精美，而且还有每个人的头像和职称，大家再也不需要为外出推销时的苦苦解释而犯愁了。但公司合伙人罗·韦恩却不这么认为，他觉得，两位数的胸卡在设计上绝对是个错误，也就是说公司的胸卡只能做到 99 张，那公司来的第 100 名员工，他的胸卡究竟该如何处理呢？带着怀疑和不满，他拿着胸卡，敲开了乔布斯办公室的大门。

"在胸卡上加一个零，把 01 改成 001！也就是说要提前为公司今后的发展预留空间！"听完罗·韦恩的建议，乔布斯不禁微微颔首。尤其是罗·韦恩一番中肯独到的解释更是让乔布斯深有感触，从此，为产品预留发展空间这句话写进了苹果公司的发展计划。

同年，苹果公司与当地一家电脑商店签订了 50 部苹果电脑的订单，在马不停蹄、加班加点地赶工中，乔布斯和他的技术人员一改过去电脑只能整机更换主板和键盘的传统做法，发明了可拆卸主板和可拆卸键盘。正是由于这种革新，使得苹果的产品维修更为方便快捷，也有效节约了维修成本。顾客不需要为一个按键而更换整个键盘，也不需要为一个部件的损坏而更换整个主板。这种人性化的设计，使得该公司很快在同行业中脱颖而出，并有效抢占了市场和先机。

此后，苹果公司开始致力于研发电子产品的更新与升级。与传统电子产品相比，无论是硬件、软件，苹果公司每一款产品的研发和运用都充分考虑到重新升级和替换更新的可能，这种做法，在如今的电子产品界似乎早已不足为奇，但在当时，这绝对是一个创举，一种掷地有声的承诺。也正因为如此，2012 年 4 月，苹果公司以超过 5200 亿美元的市值坐上了世界第一的位置。

正如乔布斯在其自传中所言，苹果公司卖出的不仅仅是一台电脑或者一部手机，而是卖出一种服务，一种提升，而这些服务和产品的提升空间正是苹果公司与每一个客户之间最好的枢纽。

在胸卡上加个零，一个看似极其简单的建议，却彻底改变了苹果公司的命运。而由公司合伙人罗·韦恩提出的这一合理建议而产生的管理理念——"为产品的更新和发展预留足够的空间"，也成为指导该公司发展的黄金准则之首。这种超前的理念为苹果公司始终走在行业前列并立于不败之地奠定了坚实的基础。

成功就是不断地站起

站起，就是咬紧自己的牙关，在黑暗中看到光明；站起，就是面对荒芜的沙漠，心目中充满绿洲。站起，是一种放弃，更是一种选择。选择了坚强，你就远离了懦弱。选择了应对，你就远离了逃避。

成功就是不断地站起

　　一位父亲去拜访禅师，请求这位禅师帮他训练他生性懦弱的小孩。禅师说："你把小孩留下，三个月后，我一定可以把你的小孩训练成一个真正的男人。"三个月后，小孩的父亲来接回小孩。禅师安排了一场空手道比赛来向父亲展示这三个月的训练成果。被安排与小孩对打的是空手道的教练。教练一出手，这小孩便应声倒地，但是小孩才刚倒地便立刻又站起来接受挑战，倒下去又站起来，如此来来回回总共六次。"我简直羞愧死了，想不到我送他来这里受训三个月，我所看到的结果是他这么不经打，被人一打就倒！"父亲喊道。禅师说："我很遗憾你只看到表面的胜负。你有没有看到，你儿子那种倒下去立刻又站起来的勇气及毅力？那才是真正的男子气概以及成功之所在。"

　　成功的定义就是这么简单。没有摔跤，就无所谓站起。正如，没有播种，就不会有收获的惊喜。躺下了，你看矮子都是巨人，只有站起身形，勇于攀登，你才会有一览众山小的感悟与发现。很多时候，峰回路转与柳暗花明往往就在站起身形的一瞬间。

　　在孩子学步时，有经验的老人总是提醒年轻的父母，不要搀扶，让孩子自己跌跌撞撞地走下去，即使摔破了皮。据心理学家分析，鼓励孩子自己站起可以有效缩短学步时间，更可以早期培养孩子的决心与毅力。人生在世就是像幼婴儿一样不断地摔倒，又不断地站起。不断地失败，又不断地进取。摔倒了，爬起来，并且不在曾经摔跤的地方再次跌倒。人作为这个世界上最有智慧的高级动物，可以统治一切、战胜自然，但最大的敌人却是自己。被冰冷的现实屡次碰撞，并且头破血流，很少有人敢再次去触及那种刻骨铭心的伤痛。知难而退，这是人的迂回与退让，也是人的悲哀。

人不可能永远走宽敞的柏油马路，也不可能永远走泥泞的小道。关键是，在春风得意时提防急流险滩，在风雨泥泞中要站稳自己的脚步。这个世界上没有比人更高的山，也没有比脚更长的路。所谓成功就是在不断的摔倒中不断地站起，并成为最好的你自己。

人最宝贵的是挺起自己的脊梁。成功也就是在这不断的失败中不断地站起，从曾经摔倒的地方重新站起，从落魄与失落中站起。即使身处低矮的屋檐，低下的也仅仅是头颅，不屈的是意志。这意志是一种很奇怪的东西，即使是空手道的高手，他也只能让你应声倒下，而真正站起来却只能靠你自己。

站起，就是咬紧自己的牙关，在黑暗中看到光明；站起，就是面对荒芜的沙漠，心目中充满绿洲。站起，是一种放弃，更是一种选择。选择了坚强，你就远离了懦弱。选择了应对，你就远离了逃避。

要腾飞，不仅仅需要翅膀

1969 年 12 月 16 日，他出生于湖北仙桃市。从小，他就聪颖好学，用老师和同学们的话说，他身上有着一股不服输的闯劲

1991 年，他毕业于武汉大学计算机系。从大三开始，他就骑着那辆花了 40 元钱从旧货市场淘来的破旧自行车，背着装满磁盘和参考书的米黄色的破包，开始闯荡武汉电子一条街。

他曾经蜗居在一个小房子里，在那个炎热的夏季，他忍受着高温和蚊虫的叮咬。为了生存，他写过加密软件、杀毒软件，也做过财务软件、中文系统以及各种实用小工具等，他和王全国一起做过电路板设计、焊过电路板。之后，他还卖过电脑，做过仿制汉卡，甚至接过打字印刷的活。为了组建一家受人尊敬的企业，甚至有一段时间，他还干过一种在普通人眼里近似于"黑客"的工作，那就是解密各种各样的软件。无论是做什么工作，他大都做到了精益求精。用他自己的话说，任何事情，只有把它做到极致才是成功。也正是在这一期间，他靠编写软件成功掘得人生的第一桶金。

1992 年，他开始加盟金山公司。1999 年，他组建了卓越网和逍遥网，并出任卓越网董事长。其后，他又相继投资了凡客诚品、多玩、优视科技等多家创新型企业。在现在的年轻人看来，他早已功

成名就，无需再去拼搏了，但他自己却不这样认为。

当时，在业界流传着这样一种近乎戏谑的说话——现在，市面上的手机只有两种，一种是苹果，一种是非苹果。也正是这句话深深刺痛了他，他暗暗下定决心，自己一定要颠覆这种对中国整个IT界都带有极其歧视的观念，致力于手机电脑化的开发。打败苹果，但绝不做另外一只苹果。

2010年4月，他组建了一个号称全球最年轻平均年龄只有30几岁的团队，开始了新一代智能手机的研发。为了充分调动员工的积极性，他没有自己全额投注资金，而是采用集体投资，56名员工一起投资了1100万元。这样也极大地提升了企业的凝聚力，充分调动了大家的积极性。做一家世界一流的公司，只做最实用和最好的，正是抱着这样的信念，他和他的创作团队，夜以继日，不辞艰辛，历时一年零四个月，终于成功研发了一款和苹果手机几乎具有同等功能，但价格却只有其三分之一的一款智能手机。

2011年9月5日，该款手机成功面世。由于其卓越的性价比，很快就吸引了无数发烧友，不到两天的时间就被预订了30万台。该产品仅上市一周，就被摩根斯坦利评为第九大手机品牌、第一大国产品牌，预计2012年的销售额将达到50亿元。是的，他就是金山软件公司董事长，小米科技首席CEO雷军。他一手创造的手机就是号称中国苹果的小米手机。

面对着众多的媒体，谈到公司的发展以及个人的奋斗历程。雷军说的最多的一句话就是："所谓命，就是在合适的时间做合适的事。创业者需要花大量时间去思考，如何找到能够让其飞起来的台风口，只要在台风口，稍微长一个小的翅膀，或者说，即使没有翅膀，也能飞得更高。"

让汽车 180° 原地转弯

1931 年，杰姆斯出生于美国西雅图。在他居住的地方有两个大型矿藏，因此，每天进进出出的车辆总是排成两条长龙。在他的记忆里，堵车，那似乎早已是司空见惯的事情。

堵车不仅给村民带来了很多不便，甚至还有人为此付出了生命的代价。一次，杰姆斯一个亲戚得了急性阑尾炎，就是因为前方发生交通事故堵车，而后面车辆又无法倒退，车辆无法及时掉头，从而延误了最佳的抢救时机，失去了生命。看着他们一家人哭作一团，杰姆斯暗暗发誓，自己一定要设计出一款不怕拥堵，可以原地掉头的汽车。

说到做到，他不顾家人的反对，迅速成立了一个工作室，开始着手研究汽车的原地转弯和掉头问题。首先，他查阅了网上的资料，得知，在邻国有一款汽车，可以四轮同时转弯。经过网上资料的查询和图案的比对，他对该技术进行了多次改良和实验，最终他发现，这种技术只能是有效缩短转弯半径，而仅仅靠汽车四个轮胎的转动，在小范围内根本就实现不了原地掉头。接下来他又设计了前后双方向盘双发动机操作，但因涉及到本国驾驶法规和人力资金等等问题，他不得不重新考虑。

数百个日子，杰姆斯不断地提出设想，但很快这些设想又无不被自己——否定。眼看着家中的积蓄日益减少，连父母和妻子也劝他不要徒劳了，这样下去，一家大小只能靠喝西北风度日了。

这一天，杰姆斯再一次垂头丧气的回到家里，他躺坐在沙发上，百无聊赖的看着5岁的女儿在玩着一辆电动小汽车，小汽车在他脚边开来开去，遇到障碍物，则灵巧的转回，看到这里，杰姆斯一把抓起小汽车，他突生灵感，为什么不能像玩具汽车那样，在中间搞一个支撑点，让汽车可以原地掉头呢。

第二天一早，他赶到了工作室，同事们闻听此事，无不说这个想法似乎过于简单。杰姆斯不这样想，他认为，简单就是节约，既然简单，也就更容易得到汽车生产企业的推广和认可，这也充分说明这项技术具有很大的可行性。

他在汽车地盘中间设计了一个大型的液压式千斤顶，这个液压千斤顶和汽车的档位相连，只要把档位推到转向档，千斤顶会自行升起，足以托起整车的重量，一旦四个车轮离开地面后，整个车身在齿轮的带动下开始360°旋转，在车辆旋转至合适的转弯角度时，只需把档位推至空挡，千斤顶回缩，汽车开始缓缓下降，四轮着地，在一瞬间即可完成车辆任何角度的转弯或者掉头。杰姆斯很快申请了自己这种原地转弯技术的全球专利。

这绝对不是漂移，也与驾驶技术无关。这是迄今为止，世界上首款可以实现零半径原地转弯的车辆。这是他公司的标语，也正因为此，他迅速赚了个钵满瓢盈。

一个千斤顶，再加上一个与之相连接的档位，汽车实现180°原地转弯，原来就是这么简单。长期以来，关于汽车原地转弯的问题之所以一直困扰着人们的思绪，就是因为很多人一直把这个简单的问题过于复杂化了。很多时候，正是人们认为的种种不可能，才让成功和自己擦身而去。

让相机 360° 全方位拍摄

稍微有点摄影常识的人都知道，再好的相机，或者是配置再高的广角镜头，它充其量只能够有效提高拍摄角度，绝对无法达到180° 以上的广角拍摄。也就是说，相机拍摄的角度绝不可能超过一个极限。不经过电脑合成或者技术处理，无论你如何努力，也不可能捕捉到镜头后面的东西。在过去的一百年里，多少知名相机厂商，曾经做了无数次的尝试，但从未取得成功。最近，来自德国的几位科学家却让这不可能成为了现实，他们发明了一种可以 360° 全方位拍摄的相机。

乔纳斯·菲尔是德国工业大学一名教授，他对摄影有着近乎狂热的爱好。每个周末，他像众多的摄影爱好者一样，扛着"长枪短炮"，开始用镜头这一"第三只眼睛"看世界。他曾多次获得全德国富有影响的比赛金奖，并且有多幅摄影作品被德国博物馆永久收藏。然而，像众多的摄影爱好者一样，他碰到的最大的问题就是全景拍摄。一幅大图片，往往要经过多次处理，不仅费时耗力，还必须动用专用的设备。一组照片，经过剪切拼接，至少要耗费一两天的时间。要是能发明一种能够 360° 全方位拍摄的相机，那该有多好啊。

乔纳斯·菲尔迅速组成了一个 5 人创作团队，开始研发一种理论意义上可以达到360°全景拍摄的相机。他们查阅了很多资料，决定把新的相机定位为一个六面体，在每一面装上相机，然而，乔纳斯很快发现，这种方形的六面体在拍摄的时候会有很多死角。为了更有效地捕捉到更多的景致，使拍摄到的图像更清晰，于是，研究人员继续改进，把六面体扩大到十二面体。然而，即便如此，还是无法排除众多的拍摄死角。而相机的把手更是成了最大的阻碍，即使把它设计成一根细线，但这根线还是会从不同角度影响到拍摄的画面，而且，拍摄高空物体的时候，相机又究竟该如何悬挂呢？实验一下子陷入了僵局。

一个晴朗的午后，乔纳斯一边在学校的操场边踱步，一边在思考着多面体相机究竟该如何改进。突然，一个足球迎面飞来，他猝不及防，眼镜一下被打到地上，他捡起脚下的足球，就在那一瞬间，他灵感大发，何不把自己的相机设计成球形，这样，不就可以全方位地进行拍摄了吗？而且，相机的把手问题也迎刃而解了。

乔纳斯揉着发红的鼻子，顾不上听同学们的道歉，一路跑回研究室，研究人员按照他的建议，彻底改变了思路。他们把相机设计成一个足球状的圆型球体，在球体的表面集合了36个200万像素的镜头。这样，从每一个角度，都可以有效拍摄到最佳的全景图片。不仅如此，他们还把这个球体相机用接近于足球材料的软塑料做成，让镜头稍稍凹陷进去，这样相机就耐得住摔撞了。然后，他们设计了遥控的定时开关，只需要预先设定一个高度，一旦将它抛向天空后，球飞至一定的高度时，所有镜头同时打开，这样，没有了相机把手的阻碍，就可以在任何时候随意拍下一张360度全景，并且是毫无遮挡的高清晰照片了。

这项发明一经推出，迅速在全球引起了轰动。德国最出名的媒体德新社在对乔纳斯的访谈中曾这样评价他的成功——几乎全世界所有的人都已放弃对全景相机的研制，只有乔纳斯做成了这几乎是所有人认为是不可能的事情，这个中缘由，值得所有的人去借鉴和揣摩。

哭也要哭出经典

看了一期鲁豫有约，一名女星和主持人在屏幕上促膝而谈。话题由演技不经意间谈到哭戏，女星讲了这样一个细节：在片场，我一通痛哭流涕、地动山摇之后，那种投入与震撼，几乎令片场所有的人都鸦雀无声了。而琼瑶阿姨则像审视陌生人一样，面无表情地盯着我，大约 20 秒钟后，仅仅无关痛痒的问了我一句，你还能哭的再难看一些吗？现场顿时一阵沉默。也许，像那个女星一样，我们所有人都根本无法知道琼瑶此话的褒贬。

接下来的访谈，才慢慢知道。原来，在那部古装戏的现场，身为制片人的琼瑶是说该女星哭的表情不够经典和精致。所以，单单是那一出哭戏，整整补拍了 10 次。

哭也要哭出经典和精致？看着鲁豫不解的表情，我也深有同感。相信，看到那期节目的人，彼时，都有着同样的困惑。

作为备受全世界华人瞩目的知名女作家，琼瑶著有六十多部脍炙人口的小说，几乎每一部都经改编拍摄成为凄美的电影或电视剧，且无不荡气回肠，精彩绝伦，可以说，赚尽了亿万中国人的爱与泪。她的每一部小说都是极其严谨，无论是时代背景和历史人物，无不从大量的史料文档中一一查实，力求真实的还原历史。即使是每一个标点符号和每一个字词的斟酌，琼瑶也无不亲力亲为。以至于台湾某学者在编撰历史教科书的时候，也大量参考了琼瑶剧作中的情节。

每一部影片的拍摄，琼瑶无不亲临现场，亲自挑选剧中的男女演员，圈画出人物生活环境与社会背景。并且所有的台词都要求演员绝对不能更改。哪怕他说得再拗口、再肉麻，都要严格按照琼瑶的剧本一字不落地说出来，甚至包括"哼"、"啊"之类的感叹词，更不允许有丝毫的临场自我发挥。为了选择一个完美的场景，剧组往往要驱车几个小时。即便是片中最不起眼的群众演员，仅仅是那一两秒的镜头，琼瑶也要严格筛选。用琼瑶的话说，群众演员不是行尸走肉，任何一个影视作品都是由无数个这样的一两秒钟拼凑而成的。也正因为此，在琼瑶的剧作中，几乎每一个镜头都力求做到唯美且令人赏心悦目，给人以美的享受并且令人无可挑剔。刘威葳在回顾首次同琼瑶、同港台导演合作的感受时，曾这样感慨："琼瑶对剧本要求严格，基本上一个字都不能乱改！琼瑶有时不像艺术家，倒像一位工程师！"

当下很多古装戏常常出现一些滑稽穿帮的镜头，不是可口可乐无端地穿越到清朝，就是在明朝的房顶出现太阳能，或者某古老房间的挂壁上赫然出现一台极具现代化特色的空调，令观众啼笑皆非。而在琼瑶的影视剧中，你绝对不会看到这样的镜头。

不忽略每一个细节，即使哭也要哭出经典和精致。相信，这是琼瑶的每一部作品都能催人泪下，堪称经典，并且在人们心目中留下用永远烙印的主要原因。

成功就是推开那扇门

　　那年，我刚刚大学毕业。怀揣一张并不算过硬的文凭，手里拿着一沓工工整整誊写的简历，像千万个曾经自诩"天之骄子"的青年一样，在各地的人才市场、大大小小的招聘会上，一个人不停地寻找就业机会，但结果总是千篇一律：不断地遭到对方的摇头或婉言相拒。一次次的碰壁，心情也灰暗到极点。每天，回到家里，我只能呆呆地站在高楼的窗户里面，向下看去，街上都是熙熙攘攘的，上班或者下班的车流与人流，摩肩接踵，川流不息。

　　那段日子，我每天所做的事情，就是尽可能的搜集带有招聘版的报纸，或者留意社区公告栏和电线杆上的招聘启事，记下用人单位的号码，然后不断地打电话。除此而已，就是枯燥无味的一日三餐，夜晚的辗转反侧、难以入眠。父亲看在眼里，急在心头，起早贪黑的，从无一句怨言。我知道，父亲把对我的爱深深地藏在心底。父亲之所以从不陪我去招聘现场，就是想培养我自立的能力。

　　有一日，本地一家待遇极好的大型单位招聘。我也很想去面试一下，但听朋友说，这家单位要求极其严格，像我这种专科毕业的，几乎没有任何希望。父亲看到我失望的表情，只是拍了拍我的肩膀，说，你应该去试一下，任何时候，都要相信自己，给自己一个机会。

我终于鼓起勇气，转了几班公交车，赶到了那家单位。在招聘室的门口，我不断看到有人垂头丧气地出来，问了几位，都是大学专科以上文凭。我打了个电话给父亲，告诉他我不想应聘了，因为我知道，以自己的文凭，根本就不可能有任何机会。在电话里，父亲第一次对我发火，他大声吼着："今天你不走进去，你就不要回家了，爸爸就当没有你这个儿子！记住，什么都不要想，推开那扇门！"

　　我已记不清自己是如何推开的那扇门，总之，没有传说中的扫帚与任何需要我弯腰捡起的障碍物。接待我的是一个四十岁左右的大姐，只看了一眼我的文凭，就皱了皱眉，我的心也像大姐的眉头一样皱了起来，提到了嗓门。当我谈起自己在学校是校报主编，在全国各地发表了近百篇文章的时候，那位大姐再次拿起了我的简历。

　　过了几日，我终于接到了那家单位的通知：我被录取了。后来我才知道，那位主管人事的大姐在好多报刊看到过我的名字，所以对我印象极为深刻。在她的极力举荐下，近千个应聘者中，只有包括我在内的三个人通过。如今，我已是这家单位的高级主管。但假如不是父亲当初的鼓励，假如我没有勇气推开那扇门，一个很好的就业机会，将不可避免地与我擦肩而过。

　　事情已经过去了很久，但每当我遇到困难，我总是想起父亲的那句话："什么都不要想，推开那扇门！"很多时候，成功离我们并不遥远。只是我们人为将自己的成功之门关闭，放弃本应该属于自己的机会。就像我曾经一样，成功近在咫尺，仅仅是一扇门的距离。关键是，在任何情况下，都要给自己决心与果敢，不要回头。成功就是伸出手，轻轻推开你面前的那一扇门。

细节决定成败

　　美国的沃尔玛超市，是全球零售业的巨头。创业伊始，在位于美国中部阿肯色州的一个小城，一个200多平方米的小小铺面悄无声息的签约，进货、上货，包括十几名员工在内，任何人都不会想到全球零售业的一个奇迹将在这里诞生。

　　当时在这个小城，已有近10家这样的超市，有的规模甚至更大，几乎所有的人对沃尔玛超市的前景都不甚看好，但创始人山姆·沃尔顿对种种善意的规劝只是一笑置之。由于前期的宣传得力，在加上货源充足，价格异乎寻常的低廉，开业当天，全城几乎三分之二的人都光顾了这个并不起眼的超市。由于过分拥挤，当地警方不得不出动了大量警察与消防队员。但即使如此，场面也一度失控，最后，警方只能规定每次只允许进入二十个人，然后放下卷帘门，待第一批顾客购物完毕，方可放第二批顾客入内。正是这样的轰动效果，使沃尔玛超市在阿肯色州几乎一夜成名。

　　事后，面对记者的采访，沃尔顿只说了一句话，我们的品质与服务和别的竞争对手其实并无两样，只不过我们更多地注重了一个细节，那就是价格。通常超市业的毛利润都在二十个点以上，而厨具、塑料等则达到五十到一百个点，我们不分类别，所有商品都严格控制在十个点，这就是秘诀。

初期的沃尔玛靠的就是价格取胜，即使奥尔玛超市在全球发已展了4000多家连锁，年收入2400多亿美元，他也没有忽略这个所谓的细节，所有的门店至今仍无权规定价格，统一由总部决定。不仅如此，公司没有任何一卷专业的复印纸，所用的纸张全是废旧的文件纸；沃尔玛公司员工严禁在本店消费及享受折扣，所有的优惠让利于顾客；员工喝咖啡也必须在专用的储蓄罐里投上十美分，凡此种种，这就是沃尔玛，也只有奥尔玛才能做到如此。

"泰山不拒细壤，故能成其高；江海不择细流，故能就其深。"人生没有终南捷径，无论是做事或者做人，都没有一步登天，任何好高骛远，或者一心渴望成功者，最终往往是一无所获，而甘于平淡，认真做好每个细节，从大处着眼，小事做起。把大事做小，小事做细，成功往往会不期而至。

走进微软总部的大楼，任何人都会为之震惊，因为这个号称全球最富有的企业，办公楼竟是租赁的，不仅如此，除了一些从事数据录入和文案人员，几乎绝大多数的高级管理人员，都没有自己专用的办公室与桌椅。就是这一个小小的细节，曾经感动过每一个来访的人。不要坐下来，努力干一些实事，这已潜移默化成了微软公司所有工作人员的座右铭。

成功就像建筑一座宏伟的高楼，不仅需要图纸、参数和扎实牢固的地基，更离不开每一块砖的堆砌。这是所有人的共识，但离开了看似不起眼的水泥和砂浆的粘连呢？很多时候，就是这样一些看似琐碎甚至无关紧要的细节，决定了成功与失败。

你需要一个鸡蛋

前些日子，我和几个朋友去异地，顺道拜访一位学经济管理的老同学。

席间，觥筹交错，谈到当前各行业的惨烈竞争，众人无不感慨，一个做餐饮的朋友更是面露愁色。我知道，朋友的餐厅最近生意很不景气，原先的二十几名员工，已辞退了近一半。老同学详细问了一下朋友餐厅的地势、规模、设备以及菜式风味，不作点评，只是笑了笑，说："吃完饭，我带你们去楼下吃煎饼。"煎饼，我了解，早餐也常吃。就是那种在平面铁鏊子上，用竹制刮片摊出的面食，薄薄软软脆脆的那种。中间还可以根据个人口味，夹上辣椒、香菜、鸡蛋、海带丝、或者面酱葱蒜等佐料，营养丰富，且入口绵柔而富有嚼劲。但吃饱了肚子再去吃煎饼，我实在搞不懂老同学葫芦里究竟卖的是什么药。

在老同学家的楼下，就是两家摊煎饼的小铺子，相隔不远，同样是烧木炭的地锅，简陋而低矮的铁皮房。从外观和室内陈设来看，也没有什么太大的差别，而且连最起码的店名也没有。这样的铺子，在大街小巷多得很，一抓一大把，也不属于特色小吃的那种。老同学让朋友去两家铺子分别买一份煎饼。我们则在一旁闲聊一下别后的情形。不一会儿，朋友就拿了两份热气腾腾的煎饼过来了。老同学接过来，一看，就拿起其中的一份，说这是右边那家的。朋友愕然，我也感到不可思议，同样的白色塑料袋，差不多的形状和大小，老同学如何这么轻而易举就能分清？

老同学看到我们的表情，只是淡淡一笑："原因很简单，我挑出的那份，里面放了鸡蛋，另一份则没有。我曾经仔细观察过，同一个人，你到这两家铺子，绝大多数会选择在右边的那家放上鸡蛋，左边的那家，则很少有人主动要求放鸡蛋。"我们依旧有些不解。老同学继续问朋友："还记得两个老板分别对你说了什么？"朋友抓了抓头皮，恍然大悟："哦，我明白了！左边那家老板问我，要不要鸡蛋？我回答不要。右边的则问我要几个鸡蛋，所以我要了一个。"

老同学接过话题说，若是清早来，你们还可以看到右边那家，门口排起长队，而左边那家则是门可罗雀的景象。刚开始，老同学为吃早饭的问题，也曾经费尽心思，在两家铺子做过比较。最终他和更多的人一起，选择了右边那一家。同样一块煎饼，同样的做工与调料，加了鸡蛋，口感就完全不同了。做生意讲究艺术，两个相同的铺子，地势和客户群几乎完全相同，仅仅因为，右边那个老板懂得语言的技巧，懂得如何推销一个鸡蛋，注意经营的方式方法，他就可以在竞争中获胜。

我和朋友终于明白老同学的真正意图：原来有时候，成功的开始，仅仅是推销一个鸡蛋！

我可以登上太空针塔

在美国西雅图，有一座地标式建筑，名字叫做太空针塔。该塔高 605 英尺，相当于 56 层楼高。在离地面 520 英尺高度，有一个瞭望台和旋转餐厅，可以俯览西雅图 360 度的全景。人们常说，到西雅图，不登上太空针塔，就像到巴黎没有去过艾菲尔铁塔。

但在那个年代，能够登上太空针塔，除了富豪政客，几乎很少有人能够享此殊荣。好多人都以能登上太空针塔为荣。一个小男孩，从小就有这种愿望。但由于家境贫寒，这几乎成了一个不切合实际的奢望。

终于，机会来了。一天，小男孩就读的教会学校，有一个叫做戴尔·泰勒的牧师当众承诺："谁要是能一字不漏背诵出《马太福音》5 ~ 7 章的全部内容，就可以被邀请去太空针塔的旋转餐厅，并且，参加免费聚餐会。"

在泰勒牧师几十年的教学生涯中，从没有一个人能够完整背出那三个章节的马太福音。因为那几个章节内容长达几万字，且连贯性不强，音节还很拗口，即使是成年人也很难完整背出。但那个 11 岁的小男孩却做到了，而且从头到尾，没有一点差错。没有人能够想到，为了登上太空针塔，他除了吃饭睡觉，几乎用了一个礼拜所有的时间。

后来，这个故事被写进了他的自传。每每有人问及，他总是深有感触："其实，并不是我比别的小朋友聪明，只是因为我能够竭尽自己的所能，而其他人则没有。"

成功的定义，有时候就是这么简单。"我可以登上太空针塔！"就是抱着这样的信念，16 年后，小男孩成了全球著名的微软公司的总裁。是的，他就是比尔·盖茨。沃伦·巴菲特曾这样评价比尔·盖茨说："如果他卖的不是软件而是汉堡，他也会成为世界汉堡大王。"

截止于 2008 财年，微软公司收入近 620 亿美元，在全球 60 个国家与地区，雇员总数超过了 50000 人。盖茨也于 2001~2007 年蝉联世界首富，2008 年排名世界第三，2009 年又一次成为世界首富。曾有人断言，只要你桌面上放有一台电脑，里面必须装有微软公司的某个控件。比尔·盖茨几乎彻底改变了每一个现代人的生活。

很多年后，教会学校的几个玩伴接到邀请，参观位于西雅图的微软公司总部。在比尔·盖茨办公桌后的墙上，有一组巨大的照片，很耐人寻味。照片由三部分组成，第一幅照片是盖茨幼年居住的一间破破烂烂的小木屋，第二幅是巍峨壮观的太空针塔，第三幅就是微软公司总部的发射塔。由低矮的小屋到高耸入云将近 900 英尺的发射塔，那三个高度，看起来呈一条递升的直线，很给人一种振奋人心的感觉。这组照片记录了微软公司的成长轨迹，也真实的反映出盖茨所取得巨大成功的原因之所在。

很多时候，成功距离我们并不遥远。从登上太空针塔到建立自己的微软帝国，比尔·盖茨只用了不到 20 年的时间。在参加亚洲博鳌论坛期间，众多腾讯网友提出了数千条近乎苛刻的问题。对于网友问及自己的资产，盖茨做了一个形象的比喻：他的公司现在可以建造 26 座太空针塔。而谈到自己的成功，比尔·盖茨只说了这样一句话：成功来自坚持和竭尽所能，在某个特定的年代，并不是每个人都能成功登上西雅图太空针塔。

把细微做成极致

在日本的任何一座城市，你都可以看到数十家装饰别致的山田乌丝面馆。

这些面馆的前身就是大阪山田面馆。1985年，在大阪的一个小城，一个叫做山田的年轻人率先推出了酱油乌丝面。所谓乌丝面，就是一种类似于兰州拉面之类的面食，只不过用料有所不同，是用当地盛产的一种黑颜色的乌豆做成的。由于乌丝面通体乌黑，入口爽滑，极富嚼劲，且带有一股淡淡的清香味，一时间，食客如云，排队等候的人常常在山田面馆堂前排成一条长龙。

然而，好景不长。几个月时间，数十家乌丝面馆如雨后春笋般，遍布了小城的每一个角落。由于竞争激烈，所有的面馆生意都很不景气。不到半年的时间，有一半濒临歇业，即使是号称大阪第一家的山田面馆也不例外。

经过苦思冥想，山田果断做出决定，改良自己的乌丝面。不仅从外观、口感，更从工艺上来了一个彻底的改变。为此，山田远下兰州，虚心拜师学艺，充分研究了兰州拉面的传统制作工艺，并经过数百次试验，最后，山田在乌丝面中加入了鸡蛋和一种食物凝胶，并尝试着最终可以把乌丝面拉成头发丝般纤细。这样，既保持了原先的滑爽和韧性，又做到入水不烂，易于咀嚼，且特别适合老年人和儿童食用。

经过两个星期的歇业整顿，山田乌丝面馆重新开业。在开业前一个星期，所有的新老客户都可以免费品尝或者外带享用，条件是，每人必须提出一个批评和改进意见，开业当天，几乎全城所有的面馆生意都锐减了一半。

按照客户的建议，山田又尝试在乌丝面中加入研磨好的鲜虾粉等配料。原先的乌丝面，是用酱油调汤，但如此一来，黑汤配黑面，视觉上，就大打折扣了。经过改良，山田决定改用蘑菇、大骨，外加乡村的肥母鸡熬汤，这样一来，就不失最初的鲜味了。白汤、黑面，上面飘着鲜绿的葱花，不及吃，单是一闻那香味，就不禁令人垂涎了。一时间，人们奔走相告，甚至远在东京的人们也驱车远道而来，一尝山田乌丝面的美味。

这种局面，几乎令所有的竞争对手都措手不及。几个月后，等他们慢慢尝试，摸索出头发丝般细长的乌丝面，山田早已独家注册了乌丝面的商标，并已经开始把罐装和袋装乌丝面投放到日本的数千家超市和便利店。

色、香、味，就是这些看似细微的小节，每一处，山田都做到了精益求精。不仅如此，山田还别出心裁，把整个店面设计成黑色，店招、墙体、吊顶、地面，包括桌椅板凳，甚至员工的服装，统一设计成黑色。在店堂外，还有句极其幽默的广告语——我们的产品是黑的，但我们的心不是。这句话，几乎成了每一个日本孩子的口头禅，山田乌丝面由此进一步巩固了市场。

1993年，山田面馆开始致力发展连锁，到1994年上半年，营销网点已经遍布了日本的每一个大中城市，并且牢牢占据了日本70%的拉面市场，坐上了拉面行业龙头老大的交椅。

成功就是无数细微之事的最完美的堆砌与累积。很多时候，成功的定义就是这么简单。即使是看起来极不起眼的乌丝面，我们也可以把它由细微做成极致。

把浓缩做成精品

在潘长江的一个小品中，有一句经典台词：凡是浓缩的都是精品。相信看过这个小品的人，大多只是把这句话当作生活中的笑料，偶尔引用，或者一笑置之。

但有一个叫山田的年轻人却牢牢记住了这句话。

他和潘长江生在两个不同的国家。在潘长江大红大紫的时候，他背井离乡，在日本大阪租下了一间不足80平方米的小饭店。除了预付半年的租金，再加上简易的装潢，他几乎身无分文。整个一条街，不去说大的酒楼，单是像他这样小的店面就有几十家，竞争可想而知，不出两个月，饭店亏算的极其严重，几乎到了捉襟见肘的地步。

一个除夕夜，他在电视里看到了潘长江日文配音的小品。那一刻，他陷入了沉思，自己那么小的店面，固然不能和周边的大酒楼相抗衡，但为什么不能因地制宜，把它做成精品呢。

说到做到，他找了一个熟人，在银行贷款。首先，他投入资金，把店面重新设计装修，辟出一半的地方，作为操作间。操作间和唯一的大厅用钢化玻璃隔开，这样不仅是空间更加开阔，更让顾客对菜肴的制作一目了然。

通过考察，他发现，来这里用餐的多是世界各地的情侣。于是，在设计上，他采用了一种极其温馨的风格。在大厅内栽种玫瑰、百合等鲜花，室内弥漫着鲜花的香气，更平添了几分浪漫。山田参照国外一家餐馆的做法，严格控制顾客数量，每次只接待两个客人。整个大厅只设一张桌子，但这张桌子却是用上等檀木精雕细刻而成，所有的餐具都极其考究。不仅如此，山田还提供了一系列的免费服务，代购机票，免费购物。"您只需坐在这里，所有的事情都交给我们代劳。"餐厅后墙的这一句标语，逐渐成了该店一块响亮的招牌。

由于用餐环境的优雅以及菜肴风格口味的精益求精，渐渐地，二人餐厅在当地有了名气，很多人慕名而来，而且来这里用餐也需要提前预定了。半年后，他不仅偿还了所有的欠款，盘下了店面，并且逐渐有了盈余。

二人餐厅一炮打响，这更加坚定了山田向餐饮业发展的信心。接下来，山田在日本的多个城市致力发展连锁，并且紧密联系当地顾客的需求，有的做成夫妻餐厅，有的做成商业茶座，有的做成情侣舞吧。但有一点相同的是，每一间店面都控制在 100 平方米以下，只设一张桌子。

他就是日本餐饮业大亨—— 山田树人，亨乐财团的理事长。10 年前，他是一个租住在木板屋靠政府救济过日子的平民，10 年后，他的企业占据了日本整个餐饮业 30% 的市场份额。

浓缩的不一定是精品，但相对于庞大和繁琐，却更容易做成精品。

成功不是偶然

如果，没有法国生物学家巴斯德发明的巴氏灭菌法，我们的味蕾，将会由此失去与美味葡萄酒万千次的亲密接触机会——法国报刊的这种说法，也许并不为夸张。

葡萄酒是法国人的珍爱之物，甘洌纯甜、回味悠长。但最初，葡萄酒酿成后却不宜久放。因为新鲜的葡萄酒，不经处理很容易变酸，这一切，都是源于细菌的作用。但，如何消灭这种可恶的细菌呢？在当时的条件下，这不失为一个难题。冷冻或冷藏都不行，唯一的办法就是高温杀菌。1861 年，巴斯德开始着手研究这个课题。起初，他把葡萄酒放在密闭的容器里，加热到沸腾，如此一来，细菌是彻底杀死了，但每一次品尝，葡萄酒味道都异常苦涩，几乎难以入口。经过无数次的实验，那种刺鼻的气味始终难以改变，实验陷入了僵局。

一天，巴斯德正在加热一锅新酿制的葡萄酒。突然，一个朋友找他有事，巴斯德不得不放下手中的实验，他叮嘱助手琼斯，把葡萄酒加热后再仔细品尝，然后，匆匆离开。这一去，就是几个小时。等巴斯德回到实验室，却发现，火炉里面的燃料早已耗尽。原来，琼斯忘了在炉里添加燃料。巴斯德耸了耸肩，正欲生火重新加热，忽然，闻到实验室里有一股以前从没有过的甜甜的气味。巴斯德仔细品尝了葡萄酒，发现没有彻底沸腾的葡萄酒，不仅没有原先那股涩涩的感觉，相反，却有了一丝甜意。或许，葡萄酒不要加热到 100 度，就会保持最初的甘甜。这一偶然发现，让巴斯德大喜过望。

后来，巴斯德改变了最初的实验方法。他不断尝试，把葡萄酒分别加热到不同的温度，一次次对比品尝，最终，他发现：把葡萄酒加热到 55 度，才是最佳度数。这样，不仅酒质非常醇厚，不失最初的风味，还能保持最适宜的甜度。

一次，鲁班在爬山的时候，不小心让小草割破了手腕，由此，他发明了锯子；荷兰眼镜店的学徒利伯希在玩弄两片镜片，偶然发现了凸透镜和凹镜放在一起具有望远功能，由此，他发明了望远镜。

同样是偶然。1894 年 11 月 8 日傍晚，德国物理学家伦琴终止了一天的工作。他将阴极射线管放在一个黑袋子里，关闭了实验室的灯源。然而，当他重新返回实验室，准备取回一件物品时，他惊奇地发现：当开启放电线圈电源时，一块涂有氰亚铂酸钡的荧光屏居然发出了荧光。接着，他试着用书本、薄木板以及片状的金属在放电管和荧光屏之间，仍能看到荧光，仿佛这些东西都成了透明物体。

经过反复研究，伦琴发现了举世震惊的"X"射线，由此，也极大地推动了现代物理学的产生。然而，极具有调侃意义的是，在这之前，一位牧师在冲洗照片时，也曾偶然发现这一奇怪的现象。但，遗憾的是，那张照片却被他当作底片问题，随手丢弃在废纸篓里。最终，牧师也得到了底片销售商几美元的赔偿。直到伦琴公布发现一种不知名的简称为"X"的射线，他才如梦方醒。一个伟大的发现，就这样与他失之交臂。

一次偶然，巴斯德让葡萄酒从此走进了千家万户；一次偶然，伦琴发现了"X"射线。巴斯德曾谦逊的说："我的成功来自偶然"。

爱迪生也有过"成功来自偶然，但偶然不代表成功"之说。其实，这偶然，总是经过无数次的实验，才最终被发现。成功不是偶然，所谓的偶然，是千万个成功者用无数次的失败换来的。我们的身边，不乏这样的事例，也有太多的偶然，关键是，我们如何用心去品读和发现。

哪怕做一只蜗牛

　　一支考古队，到胡夫金字塔考察。他们凭借直升机的力量，用吊绳攀上了金字塔的顶部。在他们不远处，几只雄鹰受了惊吓，落荒而逃。

　　在人们的意识中，似乎只有雄鹰才能登上巍峨的金字塔。雄鹰有强劲的翅膀，这也不足为奇。但接下来的考古中，考古队员发现了一个不可思议的现象。那就是，在胡夫金字塔的顶部，他们居然发现有不少蜗牛的躯壳。究竟，这些蜗牛是如何从地面来到海拔136.5 米，相当于40 层楼房之高的金字塔？有人猜测，或许，是雄鹰从地面叼上来的美味佳肴，但在每一个躯壳里，蜗牛的身体都毫发无损，这确实很难解释；那么，是粘附在飞机的表面，最终坠落下来的？也不是。因为，按照常理，飞机发动后，那股强大的气流，足以把蜗牛吹得无影无踪。后来，陆续有了更多的发现，那就是，在金字塔的中上部不断发现有蜗牛爬过的痕迹，还有许多粘附在塔体已经干枯掉的蜗牛。原来，这些号称爬行速度最慢的蜗牛，经过无数次的坠落，一个月、两个月，最终，竟是自己从塔基，一步一步，爬上了这个世界上最伟大的石头建筑，也攀上了自己生命的最高峰。

蜗牛，向来以爬行缓慢、效率低下而著称。但正是这种看似懒散懈怠的小虫子，做出了连人类不依靠外力都无法达到的壮举。那一刻，几乎所有的考古队员都有了一种深深的感触与震撼。

蜗牛之所以能够攀上金字塔，就是源于坚持。而且，即使在这坚持中，也只有为数不多的蜗牛，能够巧遇阴雨，蕴蓄充足的水分，才能成功登上塔的顶端。再长的路也能走完，再短的路不走也无法到达。在蜗牛的简单思维中，只有前进，没有后退。即使摔得头破血流，也永不退缩。

很多时候，号称贵为万物之灵，并且统治整个地球的人类，倘若单从攀岩的角度和高度来看，其实和蜗牛一样微不足道。自从能够制造工具，人类就具有了超级的思维，并且懂得了迂回与退让。从某种意义而言，知难而退，这是人的幸运，也是人的不幸。

这个世界上，每个人都期待做一只凌空飞翔的雄鹰。但一种叫做生活的东西，却往往就是那么残酷。很多时候，我们不得不像蜗牛一样，背负着沉重的行囊。没有雄鹰的天赋，却必须要具有蜗牛般的毅力。不要问自己从哪里来，到哪里去。只要拼搏奋斗、永不停息，终究可以留下一丝令自己感动的痕迹。

不能像雄鹰那样振翅高飞，那么，就做一只蜗牛吧。但，即使是做一只蜗牛，也要背着沉重的壳，一步一个积累，在生命的长河，留下奋斗的足迹，爬向成功的彼岸。

人生如棋

　　每天上下班，我从莫愁湖公园经过。常常会遇到一个白发冉冉的下象棋老者，或凝眉捷思，或举棋颔首。有一日，我忍不住停下车子，站在老者的旁边观奕，只见老者轻捋髯须，或进或退，似乎从不考虑棋子的得失，总是在对方最以为得意的时候一个将军，出其不意、轻而易举擒得对方的老帅，继而旗开得胜。

　　象棋作为中国历史上最为久远的棋类运动，起源和发展早已无可考究，或许，在仓颉造字之前，远古的人们还远远不能用结绳做出象棋的模样，故而只好无奈的留下了一个千古的遗憾。但在我想来，象棋的发明和起源一定是于远古时代，两个智者一场默无声息的比试与较量。近在咫尺，面带微笑内心却暗藏金戈铁马、烽火硝烟，步步为营，但却又运筹帷幄，将生活中的哲理恰如其分地运用到每一颗棋子，于无声中置对方于险境。

　　在莫愁湖公园有座胜棋楼，是一座明清风格的历史建筑，与棋有着千丝万缕的关系。楼分两层，青砖小瓦，造型庄重典雅，雕刻工艺精美，始建于明初洪武年间，公元1871年复建，原是明太祖朱元璋与他的开国元勋中山王徐达经常弈棋的地方。相传，徐达棋艺高超，但是凡与朱元璋对弈，屡下皆输，其中的奥秘朱元璋十分清楚。一天，两人又下棋，朱元璋命其释虑再下，局间昏天暗地，朱元璋节节紧逼，眼看稳操胜券，朱元璋得意地问，卿家以为此局如何？徐达道："请皇上细看全局。"朱元璋仔细一看，发觉对方已用棋子布成"万岁"二字，暗暗佩服徐达的棋艺高超，并将此楼与莫愁湖花园都赠予徐达。

由于身份和处境，徐达别无选择，只能和棋，但人生却没有和棋，或旗开得胜，或一败涂地。下棋的时候，棋品好的人往往讲究棋子落地为死，不会悔棋，这就是所谓的棋品。人生也同样如此。下棋时可以选择博弈的对手，棋逢对手，将遇良才，但人生却没有退让与重新选择。很多时候，人生只有迎难而上，与激流、暗礁和险滩搏击，驰骋沙场。欧阳修在《新五代史·周臣传》中感叹道："治国譬之于弈，知其用而置得其处者胜，不知其用而置非其处者败。"治国如此，人生又何尝不是。人生如棋，一着不慎，全盘皆输。该舍弃的时候，不要穷追不舍，该乘胜追击的时候绝不轻言放弃。珍惜每一个机遇，过不了楚河汉界，就永远也无法活出自己的境界。很多时候，人生就是不断地博弈和挑战自己，跨越每一条水流湍急的河流，即使此岸再无风景，越过那一道坎，对岸也许就是山明水秀、柳暗花明。很多时候，成功就在你回过头或者前进的一步之间。只不过，很多人没有勇气走出这艰难的一步！

上苍给予每一个人的机会都是均等的，相同的棋子、相同的布局——那就是你必将赤裸裸地来到这个人世，不同的仅仅是社会背景、人际关系与个人奋斗等。不要羡慕别人，更不要妄自喟叹，把握好人生的每一颗棋子，摆正每一颗棋子的位置，有进亦有退，有得亦有失。有时候，可以丢卒保帅，有时候宁愿舍象救车。前进是一种勇气，后退是一种智慧，人生需要运筹帷幄，更需要魄力与果敢。

人生如棋，黑白交错，生死相融。有象棋的退守与攻取，有围棋的包容与舍弃，有军旗的构思与布局。在棋盘上，棋子总是把握在别人的手中，而人生却只能倚靠自己，这是棋与人生最大的不同之处。任何时候，不要把棋子看得太重，但也绝不轻言放弃。最可怕的进攻不是在棋死的时候，而是在心死的时候。兵来将挡，水来土掩，这不仅仅是排兵布阵，生活中的智慧最大限度，并且淋漓尽致地体现在这一方小小的棋盘。

小小棋盘，浓缩人生百态。人生就像一棋盘，与你对弈的是所谓的命运，把握好每一颗棋子，下好自己的棋，才是人生的最高境界。

做一株爬蔓

弯曲的藤、焉黄的叶，但枯瘦的枝条却蜿蜒了大半个墙面。在整个冬日，每次经过小区的门口，我都会有意无意地去看一下墙上的几株爬蔓。

终于有一日，我从异地归来。远远地，就看见小区门口的一片青绿。是爬蔓，是我留意了许久的爬蔓呀！仿佛经年没有谋面的朋友，但早已改了容颜。依旧是弯曲的藤干，但却早有层层叠叠的绿叶缀满了枝茎，那些黄绿色的小花，一簇簇、一团团，繁星般，郁郁葱葱铺满了整个墙面。每一根枝条都是积极向上，并且牢牢地吸附于墙面。一阵微风吹过，爬蔓的叶子此起彼伏，先是在风中婀娜多姿的荡漾，摇曳，继而流淌成一片悠悠的碧绿。

爬蔓有三十多个品种，牵牛花、紫藤、兔丝等都属于爬蔓类植物。当然最普遍的要数小区门口生长的这种爬山虎，多年生草本植物，茎软，叶茎上有一种类似于吸盘的东西，可以牢固地吸附于墙体、植物等表面。爬蔓类植物多不怕强光，耐寒，耐旱，即使在贫瘠的土地和砖头瓦砾间也能生长。

我生活的这个南方的都市，很少看到高山，每天，在钢筋混凝土所构筑的空间，满目触及的大多是拔地而起的高楼与高耸入云的铁架。除了行道树与小区的绿化，很少能看到这大片的新绿与泼辣的生机。也许，正是这几株爬蔓，才给进出小区的人们带来一种生命的盎然与绿色的清凉。

在这个阳光融融的午后，我仰头凝视着面前这几株泼辣生长的爬蔓。这是一种生命与另一种生命的对视与仰望，又仿佛一次无声的交流。我对爬蔓的关注，源于一种深深的感触与震撼。原来貌似平凡的爬蔓，却有着如此顽强的生命力。很多时候，做人也要像爬蔓一样，不畏严寒酷暑、无视狂风暴雨。即使默默无闻，也要努力扎根于砖块瓦砾的缝隙中，汲取阳光雨露，不计得失，即使做不了参天的大树，也要像爬蔓一样积极向上、勇往直前，无畏于生命的柔弱、季节的凋零，给自己找一个顽强的支点，并且蓬勃地发展。

人生四季，总有冷暖，有春的绚烂，夏的泼辣，也自有秋的丰实，冬的蕴蓄。

做一株经年繁育的爬蔓，不去索取，不在乎别人注视的目光，即使岁岁枯荣，也年年奉献一株新绿。

生活就像苦咖啡

我向来不喜欢饮茶，一是沏茶的工艺繁琐，二是茶叶的味道越喝越淡。我是一个喜欢简约的人，所以就降而求次，选择了袋装的，不需研磨的咖啡。

疲于生活，又为了写一些豆腐块的文字，我经常熬夜很深。在许多个夜深人静的晚上，妻与儿女已进入梦乡，我站起身，在书房里踱一踱步，窗外有冷月的清辉，远山藏匿，鸟雀无声，这种静谧的氛围也极容易有灵思的涌现。我舒展一下腰身，冲上一杯咖啡，看深褐色的液体在杯里转动，轻扬的白雾冉冉升起。一股浓浓的香气沁入肺腑间，挑逗起我的味蕾。继而香气弥漫了整个房间。

咖啡像茶一样，需要品，不能像喝大碗茶那样一饮而尽。轻轻地啜上一口，有一种淡淡的甘苦，但回味又不失香甜。润入口中，舌尖轻轻搅动一下，缓缓地流下喉间，有一股丝般的润滑，滴滴香浓，意犹未尽。

很多时候，我会觉得，咖啡就像生活。生活不需繁琐，简约就是幸福。

咖啡初尝是苦的，但回味甘甜，如感情般浓郁，又不像清茶般淡泊。能从苦涩的人生中品味出甘甜的人，才能达到品尝咖啡的最高境界。咖啡的苦是过程，醇香才是结局。人生也是如此，总需历经千辛万苦，用一颗虔诚的心去面对，方能悟出生活的真谛与甘醇。

喝咖啡要趁热。生活中，在你认为是最痛苦的事情，也许正是别人长期以来的梦寐以求。生活需要不同的品味。即使是痛苦，也要付出十二分的热忱，去努力完成它。希望就像冲泡咖啡时冉冉上升的水汽，千万不要让它冷却。把生活当作咖啡，学会研磨，学会品读，那么即使是最寒冷的冰川，有了阳光的映照，总也有融化的一天。

喝咖啡时可以加一点糖或牛奶，或肉桂等香料。生活也同样需要点缀。无论是痛苦抑或幸福，苦难还是煎熬，充其量不过是漫漫人生的一种修饰与点缀。在生活中学会果敢与面对，那么即使是身处荒漠，也能在心目中长出一片绿洲。

咖啡可提神醒脑，但多食同样对身体无益。凡事总有个度，不可太贪婪。生活也如此，有追求，总要有所舍弃。当你实在坚持不下去的时候，不妨选择放弃，但这放弃绝不是逃避，放弃是重新的审视与选择。人生只有放弃，没有逃离。

浓浓的咖啡是一种境界，咖啡就像生活，需要从不同的角度去研读、揣摩。能读出生活的甘甜，你就读懂了生活；否则你收获的只能是苦果。

一杯咖啡可以品出人生百味，生活就像苦咖啡。

品味幸福

一个赤着脚的人和一个饥饿的人结伴而行。赤脚的人对幸福的理解是能够拥有一双鞋子，而饥饿的人，他对幸福的理解仅仅是一个面包。有一天，他们路过一个战争避难所，看到了许多缺胳膊少腿的人，他们这才知道，没有鞋穿，但他们还拥有两只脚；没有面包吃，他们还拥有健全的体魄。也许这就是幸福。

其实这个世界上，幸福无处不在。有事可做是一种幸福。有人可爱是一种幸福。对于在饥饿中挣扎的人，衣食无忧就是一种幸福。对于行将就木的人，能看到明天的日出就是最大的幸福。幸福，有时候就是这么琐碎，甚至可以细化到一个祝福，一个眼神，一个拥抱，一个爱抚。

幸福是一种追求与比较。正如一句俗语所说，人往高处走，水往低处流。更多的时候，人生总是在不断地超越与追求。相对于没有脚的人，赤脚是一种幸福；相对于无家可归的人，住茅草棚是一种幸福。更多的时候，人们总是习惯于攀比与嫉妒，步行的羡慕骑车，抓着方向盘的人又埋怨车子不是自己的。人生没有满足，其实只要你拥有了健康与生命，你就远离了病痛与烦忧。

你认为最为痛苦的事，在别人看来也许正是一种幸福；别人竭力逃避的对于你来说也许就是长期以来的追求。

幸福是一种感悟与发现。珍惜拥有，你就感悟到了幸福。发现幸福，你才会更加珍惜你所拥有的一切。幸福不是攀比与嫉妒，这山望着那山高，生命中将永无制高点。所以更多的时候，幸福是对生活的懂得与欣赏。步行者可以看到更多的风景，开着别人的车同样也可以遮风避雨。

幸福靠自己品味，正如痛苦需要自己咀嚼。鞋子穿的舒不舒服，只有脚知道，幸福同样如此。

幸福需要创造，幸福里没有等待，也没有给予。幸福是辛勤与汗水的凝聚。没有付出的艰辛，就不会有收获的甘甜。没有淋淋的汗水，就不会有累累的果实。

接受了生活，你就感悟了幸福。厌倦了生活，你就远离了幸福。

幸福就在身边

周末，几个文友小酌，席间，谈到幸福的话题。什么是幸福？大家各抒所见，意见很难统一：有的说，幸福就是开房车住豪宅；有的说，幸福就是吃香喝辣，游遍祖国名山大川；有的说，幸福就是睡到自然醒。文友萍则讲了这样一件事——2008 年，高位截瘫的张海迪当选残联主席时，有一张双手撑着轮椅站立的照片。其时，有记者问她："海迪姐姐，假如您能够重新站立起来，在您以为，最幸福的是什么？"张海迪不假思索的回答："如果有这个可能，我希望做一个正常的妈妈，每天，在学校的操场上，等待孩子放学。然后拍拍儿子的肩膀说，孩子，我们回家吧。"

一桌人顿时默然。无论如何，幸福，总是一个令人无限向往的字眼。拍拍儿子的肩膀，接儿子回家，这本是一件再琐碎平凡不过的事情，可是，在海迪看来，却完全是一个奢望。

我有一个朋友，原先在某事业单位上班，妻子秀美温顺，儿子聪明伶俐。这样的日子，在旁人看来，应该是衣食无忧，且幸福了吧？却不，朋友总是不满足。人前人后，不是嫌工资太低，就是埋怨住房太简陋，总想，一口吃成胖子。于是，渐渐迷上了买彩票，开始三元两元，后来五十、一百，逐渐的又发展到赌博。输了再赌，赌了再输，继而借上高利贷，把房子也抵押了。好好的一个人，从此颓废，丢了工作不说，平静的日子，就有了争执和吵打，最后夫妻俩闹得分道扬镳。

朋友是身在福中不知福。生活中，这山望着那山高，幸福总是遥不可及，与自己挨不上边。

在我每天上班的路上，总可以看到一对收废品的夫妻。夫妻俩年龄不大，都是三十岁左右的样子。男人高高大大，皮肤黝黑，衣上打着补丁，却洗得光亮。女人，总喜欢在脖子上系条红丝带，火红火红的颜色，仿佛那堆灰色垃圾旁一道亮丽的风景线。平日里，男人低着头，捆扎大堆的纸盒，女人就在一旁递个绳子、拆开纸箱，打个下手。烈日下，男的骑着车，拖着一大车收来的废品，满头大汗，女人心疼不过，就在后面吃力地推。有几次，我经过他们那间租来的阴暗潮湿的地下室，见他们正蹲在门口吃饭。菜是那种典型的农家大盘菜，也没有什么花色，无非是青菜萝卜之类的大杂烩。男人，夹一块菜到女的碗里，女人也不吃，夹回去，一脸的满足。男人再夹回来，如此几次，凡俗的日子，就在这推推让让中，让人读出温馨与感动来。

其实，幸福原本没有什么固定的模式，只不过是每个人对生活的不同品味与发现。相对于没有脚的人，赤脚是一种幸福；相对于无家可归的人，住茅草棚是一种幸福。很多时候，幸福就在我们身边，只不过，我们从没有真正用心去体味和发现。

水到绝处是飞瀑

在美国旧金山，有一个边陲小镇，这里蔓延着数千亩的棉花地。一到收获的季节，满地的棉花一望无际，洁白无瑕，就像满天的云朵。由于原材料货源充足且可以节省巨额的运输成本，这里汇聚了全美国三分之一的织造厂。

2007 年，一场经济危机席卷美国，这些靠棉花织造盈利的厂商自然也难逃厄运。然而，这一场经济危机带来的副作用却不像是以往商品价格的涨幅，在短时间的暴涨之后，还没有来得及尝到甜头的厂商们就惊恐的发现，几乎在一夜之间，全国所有的商品开始大幅度降价。单从他们熟悉的价格说起，一米布料，昨天还是售价 12 美元，而今天却只能售出 6 美元的价格了。一时间，各大织造厂纷纷抛售仓库里的布匹。即便如此，由于同行间的激烈竞争和恶意降价，再加上购买者的观望和排队等候等心理，各大厂商的库存积压情况还是极其严重。

杰克辛苦操持多年的一家织造厂也同样陷入了这种入不敷出的尴尬状态。面对着堆积如山的棉花、布料和半成品，想着厂子究竟该何去何从，杰克不禁终日长吁短叹。

产品的价格还在一日日猛降，许多厂商在抛售产品的时候，几乎成了半卖半送，那种低廉的价格在杰克看来只有四个字可以形容，那就是倾家荡产。

这个秋日，杰克百无聊赖，他路过一个山坡，沿着潺潺的流水，他来到一个宽阔平坦的地方，只见流水在这里流淌聚集，直至一个断面，倾斜而下，形成了一个巨大的瀑布。水到绝处是飞瀑！杰克的头脑里不知怎么忽而闪出这个想法。他为自己这个想法感到吃惊，是啊，此刻，棉花的价格早已降到底线，已经再没有任何可降价的空间了。

接下来，杰克倾其所有，甚至借高利贷，在人们的摇头叹息中开始大批量收购棉花。在棉花价格一天天暴跌的情况下，居然有人愿意收购，包括家人在内，所有人的都觉得不可思议。

寒冷的冬日终于过去了，第二年春暖花开，冰雪消融，人们终于惊奇的发现，这场经济危机悄无声息地消退了。像温暖的春日一样，商品价格也开始复苏。一时间，大家奔走相告。等到各家制造厂准备复工的时候，这才发现，几乎全镇所有的棉花都已被杰克收购。而当初杰克以三美分低价收购的棉花，现在每吨已涨到数百美元。单是这一笔，杰克就赚的盆满钵满。在别的厂商仍在捶胸顿足的时候，杰克的厂子已经开始机器轰鸣。杰克用自己的孤注一掷，轻而易举地击败了所有的竞争对手。

这家制造厂就是著名的罗普·格鲁曼公司的前身，历经十年的发展，公司已发展成为集服装制造，纺织机械生产、销售为一体的大型跨国连锁企业。面对众多的来访者和闪烁的镁光灯，杰克更多的只是指了指自己的身后——在他的办公室后面的墙上，写着这样一句话，水到绝处是飞瀑。

很多时候，危机就是商机。像杰克曾经的困惑一样，在很多人看来早已濒临绝境，殊不知，换一种想法，这绝境的背后就是峰回路转和柳暗花明。成功无处不在，关键看你能否好好把握。

你看到的是牛粪，
我看到的是商机

在别人眼里，它是一堆牛粪，在我眼里，就是一堆金子。财富和机遇无处不在，并且常常以各种极容易被你忽视的方式存在，关键是看你如何能够做到成功的捕捉和发现。

你看到的是牛粪，我看到的是商机

他出生在印度恰尔肯德邦一个贫困的小山村。传统的印度教把牛视为神，拥有几头牛，足可以使家族成员俯视那些家里没有牛的人。所以，在印度，即使再穷的人，一旦有了点儿积蓄，想到的大多是先养牛。

他从小就在牛群中长大，但那仅仅是帮别人放牛。长大后，他唯一的渴望就是能够拥有几头牛，并且讨个老婆。

20 岁那年，他的父母双双病逝，买牛的梦想再一次破灭。

一个春日，他来到树林，无意间在一堆早已风化的牛粪上看到一簇双孢蘑菇，而且长势比生长在腐木上的蘑菇更大更鲜嫩。"会不是牛粪中有某种独特的养料？"他迅速到当地唯一一家图书馆翻阅资料，结果发现，牛粪最适合养殖当地盛产的双孢蘑菇。

他迅速举债注册了一家小企业。在当地，牛粪可以说是俯拾皆是，他几乎不花一分钱，就轻易收集了数十吨牛粪。当别人看到他在院中堆满了脏臭的牛粪，无一不掩鼻而过，认为他是个十足的傻子。这一切，他视若未见，按照书中的说法，他尝试采用牛粪拌麦秸、草碳土发酵后，经高温消毒，形成培养基，种植蘑菇。一个月后，他的第一茬蘑菇新鲜出笼，由于是牛粪栽培，在当时的村民看来，这实在是一件令人难以接受的事情，所以，他的蘑菇在当地几乎无人问津。无奈中，他只得把蘑菇挑到遥远的集市去卖。谁知，半天功夫，他的蘑菇就被抢购一空。由于他的蘑菇鲜嫩可口，渐渐地，小镇上有几个酒店给他发来了长期订单。依靠牛粪，他掘得了人生的第一桶金，半年后，他一次购置了20头黄牛。

由于当地经常停电，这给村民的生活带来了很多不便。通过学习，他掌握了用牛粪生产沼气来发电的技术，不仅保障了附近几个村子的正常供电，也为自己的企业带来了更多的利润。

后来，他听说市场上蚯蚓每斤可以买到120印度币左右，他又开始尝使用牛粪养殖蚯蚓。他把新鲜的牛粪经过发酵腐熟后，按适当比例分格平铺于地，放入蚯蚓，上面铺上毛苇谷草，让它自然繁殖。在牛粪的滋养下，原本瘦小的蚯蚓变得又肥又壮。而且，经过蚯蚓的分解，腥臭稀软的牛粪变成了疏松无味的黑色颗粒，成为很好的有机肥。这肥料可以用来养护农田，而蚯蚓的粪便则是喂养鸡鸭鹅最好的饲料。逐渐的，他的企业形成一条完整的产业链，一年循环下来，一头牛的价值可增值5倍。

两年下来，他不仅还清了所有的欠款，还重新购买了了160头黄牛。

从一个任何人瞧不起的穷孩子到一个跨国公司的总裁，仅仅用了5年的时间，他就创造了一个牛粪比牛更值钱的神话。他的名字就叫布提亚·辛格，他一手开创的公司就是排名印度第五的亨德拉私营公司。

"在别人眼里，它是一堆牛粪，在我眼里，就是一堆金子。只要肯开动脑子，财富无处不在。"这是布提亚·辛格在印度电视台"第五届国际畜牧交流年会"上的发言。相信，这句话对所有的人都会有所启迪。

一个失误带来的商机

　　不知你是否留意到，当你拆开一个快递公司送来的盒子，或者打开家用电器的外包装，首先映入你眼帘的，就是那层包裹于商品表面的很多小朋友喜欢用手掐的气泡膜。这种气泡膜不仅能够隔热防晒防潮，还起到一种很好的缓冲减震及抗摔作用，用途极其广泛。说起这个浑身遍布小圆点的气泡膜，它的发明，还有这样一个故事呢。

　　1960年的一天，在美国洛杉矶的希悦尔公司，机器轰鸣，一派人声鼎沸的繁忙景象。这天，厂里刚接了一笔生产双层食品包装塑料的大单，正在加班加点忙着赶进度。然而，就在最后一到工序——成品即将出炉的时候，工程师马克·沙瓦纳因临时有事必须请假外出，他叮嘱副手按照既定的流程来操作，副手满口应允。可就是在最终设置温度的时候，副手无意中把温度调节到230°，就这样，所有的产品最终出炉后都遍布了一层气泡。

　　后来经过马克·沙瓦纳的深入研究，他惊讶地发现，这种气泡膜中间层充满空气，所以和以往的双层包装塑料相比，不仅体轻、透明、富有弹性，且具有隔音、防震防磨损等多种功效。

　　一个失误，该公司很快成功研制了气泡膜，并且，凭借气泡膜独特的用途及其功效，很快吸引了全球各地生产企业的青睐。尤为搞笑的是，在工业极其发达的美国，甚至有很多人喜欢捏破气泡膜上的泡泡，因此气泡膜又被人们赋予了缓解心理压力的特殊功能，这一部分人居然也是该公司一个巨大的市场份额和潜在的经济来源。

历时 8 年的发展和创新，希悦尔很快发展成为一家集食品卫生与安全、设施卫生以及产品保护领域等多领域为一体的的全球领先企业，并在美国《财富》杂志 2009 年度全美"最受尊敬公司"排名中，该公司荣登包装行业榜首。

无独有偶，拉扣香皂的发明也同样与失误有关。

炎炎夏日，在浴室里，很多喜欢用香皂洗澡的朋友可能都有这个经历，洗着洗着，手一滑，肥皂就掉到出下水管道里去了，浪费不说，这澡才洗了一半，也平添了几多尴尬。那么，有没有一种肥皂可以抓在手里不会滑落呢？日本一家洗化公司一直在研究这样一种肥皂，但实验一直没有太大的进展。

这天，公司技术部接到一个同城顾客的投诉，他们很快赶到现场。只见，某商场的专卖店，一个顾客拿起一块拆开的香皂在和销售人员理论。技术人员接过香皂一看，只见香皂里有一根贯穿皂体的拉线，技术人员很快明白了，这是倾倒原材料的时候，由于操作人员的失误，直接把封袋的包扎绳混进了原料里。

同样是一个失误，该公司技术部的研究人员很快从这根平常的拉线中发现了商机，这不就是解决肥皂滑落最好的办法吗？经过技术革新，该公司最终在皂体中加入了一种特殊的材质和拉线相连接，在拉线的前端还连接着一个防止滑落的拉扣，不仅如此，研究人员还设计了多种颜色和各种可以挂在墙上起到装饰效果的卡通造型。这种造型独特的香皂一经推出，很快就占领了市场，为该公司赚了个盆满钵满。

所谓失误，也像灵感一样，同样是稍纵即逝，只有用敏锐的眼光，才能从稍瞬即逝的失误中捕捉到成功的商机。

做法国没有的法国菜

　　在日本富士山下有一条街道，由于当地游人如织，这里几乎汇聚了全球各个国家不同风味的餐厅，而且大多生意红火，但奇怪的是，整个一条街，唯独没有法国餐厅。

　　一个法国人经过充分的市场考察，决定在此投资。无论是装潢还是设计，他几乎完全参照了法国餐厅的全部风格，甚至连餐厅的桌椅、地板和餐具也是从法国空运过来。不仅如此，他还从法国自带厨师，在餐厅里遍植法国花卉，完全就是一个法国高档餐厅的原版照抄。

　　谁知开业后的情形却并不像他想象的那样一帆风顺，两个月下来，餐厅不仅没有盈利，反而陷入了严重亏本的境地。菜肴的口味完全地道，配料也绝对正宗考究，可是，问题的症结究竟出自哪里？老板一筹莫展了。

　　其后不久，一个年轻人来店里应聘，经过几天的观察，年轻人道出了其中的缘由："其实餐厅生意一直不景气的主要原因，不是别的，就是缘于咱们这里的法国菜过于正宗了。""正宗的难道不好吗？"老板愈发不解了。

　　"您有没有注意到，来咱们这里就餐的很少有法国人，试想，人家千里迢迢从法国来到日本，肯定不会再去品尝家乡的菜肴。"年轻人继续分析，"那么，也就是说，光临咱们这个餐厅的 90% 都是外国人。您做的菜也许是很正宗，可是，您恰恰忽视了最为重要的一点，传统的法国菜肴尽管外观品质精美绝伦、品种繁多，但却存在火候较小、口味肥浓等不为大多数外国人所接受的弊端。就以咱们餐厅里的臭芝士、鹅肝酱为例，并不是很受顾客欢迎，特别是榴莲饭那种刺鼻的味道，相信，那只是法国人的最爱。不管是口感还是味觉，法国菜肴并不是适合这条街来自全球各地的游客。这也是之前几家法国餐厅最终歇业的主要原因。"

老板若有所思，也许，自己的失败真的就是缘于做的法国菜肴过于正宗。接下来，餐厅老板开始给自己的菜肴重新定位，那就是做法国没有的法国菜，从根本上彻底改变了菜肴的配方与制作工艺，不断借鉴其他各国餐厅的经验和做法。不仅如此，餐厅老板考虑到好多游客由于赶时间，也许不会像传统法国文化那样耗费几个钟头，坐在那里，持着刀叉文质彬彬的用餐，于是，该餐厅率先推出了独创的法国快餐和外卖。渐渐地，该餐厅在这条街有了名气，好多国家的旅游团来富士山旅游都会指定在该餐厅用餐，甚至很多法国的游客也特别青睐这种经过改良的特殊的法国菜肴。

这家餐厅就是后来著名的法国福楼集团的前身，经过 30 年的创业，该集团已发展成为法国餐饮业的第一大集团和上市公司，在全球拥有 200 多家餐厅，5240 名员工，2009 年的营业额近 4 亿欧元。

很多时候，成功并不是原版照抄或者一成不变。正宗的法国菜，只适合于法国人，你不可能强求全球的游客都去迎合你的口味。

给超市装上轮子

1930 年 8 月，美国人迈克尔·库仑在纽约州依靠贷款开设了全球第一家理论上的超级市场，也就是后来的超市鼻祖——金库仑联合商店。他根据自己几十年的食品经营经验，精确设计了低价策略，并首创按商品品种特别定价方法。它的超级市场平均毛利率只有 9%，这和当时美国一般商店 25-40% 的毛利率相比，实在是低的令人吃惊。

迈克尔·库仑在创业伊始就有开设分号的想法。然而，由于高额的房租，再加上低价倾销的弊端，所以，开业半年以来，该超市不仅没有按照他预期的想法开出分号，就连单间店面营销也陷入了捉襟见肘的困境。

三十年代的美国，正是经济大萧条的时刻，人员流动量大，物资更是极其匮乏。而在美国本土，有多家境外的投资商正在热火朝天地投资建设。倘若能把自己的超市平移到各个工地，那将是个很不错的主意。可是，按照惯例，超市的选址最起码要签订 1 年以上的租约。一旦单方违约，依据合同，自己就要赔付房东大量的违约金。这使得迈克尔·库仑不得不开始重新审视自己的超市究竟该何去何从。

1932 年的一天，迈克尔·库仑无意在一家汽修厂看到一辆报废的客车。当时汽修厂老板几乎完全是用购买废品的价格回收了这辆客车。迈克尔·库仑灵机一动，自己何不多收购一些这样的报废车辆，在每个投资工地都设置一个小型汽车超市。这样，不仅节省了房租，还可以使自己的超市在短时间就能遍地开花。

迈克尔·库仑把报废汽车简单装修了一下，在车厢里将货架底部焊接固定，雇佣了一辆拖车将其拖到了附近的一个工地。考虑到当地的实际情况，他在货物摆放上侧重于低消费的商品，一个星期下来，超市的生意异常火爆，不仅弥补了购车的款项，还略有盈余。

第一个分号可以说是一炮打响。从此，迈克尔·库仑就以这种汽车连锁的方式开始了大规模的扩张。每当一个分号销售业绩持续走低，他就租用拖车将超市移动到另外的合适场所，然后，再根据当地的消费水准，来考虑商品的高低档次陈列。他唯一需要做到的是，每到一个地方，就象征性的付给业主一些低廉的停车费用。由于节约了大量的房租，而且经营场所可以灵活随意地变动，他的分号逐渐增多。不仅如此，他还逐步开始建立和完善统一进货的销售系统，采取一次性进货，集中结算，并且首创了自助式销售方式。这样，既保证了货物的低廉供价，更能有效保证商品质量和吸引客源。

从买下第一辆报废汽车开始，不到 15 年的时间，迈克尔·库仑就凭借着灵活移动的优势和不到百分之十的商品毛利，在全美开出了 152 家汽车连锁超市，并购置了多处商铺。2009 年，金库仑联合商店在全美创下销售第三的惊人业绩，年利润 6036 万美元。

很多时候，成功的定义就是这么简单，像迈克尔·库仑一样，即使超市不能够移动，我们也可以人为地给它装上四个轮子，让它可以开向每一个合适的地方，这才是成功之真正所在。

把每一只水饺追溯到个人

　　日本一间株式会社，以生产速冻食品为主，尤其是速冻水饺，几乎占据了企业的半壁江山。然而，很长一段时间，其销售业绩却一直平平，甚至还有逐年下降的趋势。

　　一天，该会社会长加藤义和来到一间超市，他信步来到速冻柜台，走到自己的产品前。他问销售人员：该品牌水饺顾客反映如何？销售人员不作答，只是委婉地劝说他购买其他的品牌。究其原因，销售人员告知，该品牌的水饺容易开皮进水。

　　那一刻，加藤义和有了一种深深的震撼。他深知自己的产品完全靠手工包制，无论从感官、味觉还是终端的销售服务，都决不比那些机械化生产的竞争对手逊色，而水饺的开皮进水，居然成了阻碍会社发展和做大做强的主要原因。

　　回到车间，加藤义和依旧看到了一番近乎沸腾的生产场景，机器轰鸣，每一个人双手都在不停地忙碌，甚至顾不上擦拭额头渗出的细细的汗水。

　　工人的干劲依旧不变，但为何最近的销售业绩一直不佳呢？加藤义和召开了基层管理人员会议。大家各抒己见，只有一个新来的年轻人道出了不同的想法："您有没有注意，最近一段时间，仓库里的产品数量有所提高？"

"这是好事啊？"加藤义和很不解。

"这仅仅是一个假象。"年轻人接着说，"最近一段时间，公司开始实行一套多劳多得的方案，数百个操作工人的车间，在奖金的诱惑下，每个人都为了追求效率，只注重数量而忽视了品质，所以才导致了仓库里产品的大量堆积和超市里的滞销现象。"

那么，究竟如何能真正做到杜绝这种现象的发生？年轻人建议，扩大流水线，把以前的混合操作改为独立操作，即两个人一条流水线，由以前的好几个人挤在一团改为两个人面对面操作。如此一来，负责装箱的工人就很容易在每一个箱子上标注上操作者的姓名。

有奖有罚，把责任追究到个人？加藤义和微微颔首。

从此，每一条流水线上的水饺就像刻上了操作者的名字，再也没有出现过破皮进水的现象。

三个月后，加藤义和再次来到那间超市，看到了该品牌水饺前排起了长长的队伍。

这家企业就是日本最著名的加卜吉株式会社。15 年前，该会社还是一个只有 13 个人的小作坊，15 年后，该会社的产品占据了日本速冻市场 30% 的市场份额，并逐步发展成为集冷冻、冷藏食品的生产、包装、运输及配送为中心业务的大型全球连锁企业。

很多时候，责任不能由众人分担，必须细化到每一个人。而能够把每一个水饺追溯到个人，这才是成功之真正所在。

不要忽略灯箱上的棉被

　　一个冬日，我去采访一位知名企业家。他是某跨国连锁超市的华东大区总裁，仅在我们市区，就有40多家分店，属于那种典型的成功人士。

　　采访地点选择在一间幽静的咖啡馆。我们从该超市一家分店门口经过，但见一个巨大的灯箱，从1楼一直延伸到4楼住户的窗口，绿底白字，蔚为壮观。然而，大煞风景的是，在灯箱的顶部，却有一床晾晒的棉被，黄白相间，红碎花镶边，一块尿渍，恰好挡住了灯箱的徽标。

　　采访中，我聊到这个细节。也许，在当时我只是无意中提及，按照常理，这种情况在国内大多数企业来说，当事人最多受到几句批评。但企业家却招来值班经理，问清缘由后，当即给予其降级处理。我觉得自己很是过意不去。企业家给我讲了这样一个真实的故事。

　　15年前，一个年轻人，刚大学毕业，他揣着一沓厚厚的简历，白天，奔波在这个城市大大小小的人才市场，晚上，则蜗居在一间阴暗潮湿的地下室。年轻人来自某个偏远的农村，由于家境贫寒，衣着也极为简朴。一次次碰壁，一个同学建议他，何不改变一下自己的外部形象？也就是在我们这家超市，年轻人花了足足4个月的伙食费，几乎倾其所有，选购了自己人生中的第一套西装。

付款、量尺寸，接下来是给裤子撬边，却被告知，工作人员出去吃饭了。年轻人足足等了一个小时，在这期间，有三名顾客因为赶时间，先后退了西装。一位顾客和他一样等得很不耐烦，和工作人员吵了起来，还赌咒发誓，下辈子也不会在这里买裤子。

超市撬边的师傅为什么就不能采取换班制呢？在离开超市的时候，年轻人在意见簿上留下了这样一段文字。不仅对该超市的做法提出了批评，还就这一个小时，仅仅因为工作人员的用餐，造成超市平均每天少卖了三套西装，按这个利润，乘以365天，超市所受到的巨大经济损失，以及由此造成潜在顾客的流失，给超市方详细算了一笔账，并提出了相应的合理化建议。最后，年轻人留下了自己的联系方式。

就是这样一件微不足道的小事，平平淡淡，根本就不值一提。倘若就这样结束，也许，不足以构成一个故事。但一个星期后，年轻人却意外接到了这家超市老总的电话，通知他，可以在这家超市上班了。

就是这个年轻人，从基层做起，一步一个脚印，15年后，最终成为这家超市的高级管理人员。而那间阴暗潮湿的地下室，也从此成了一种久远的记忆。

那个年轻人，不会就是刚刚被降级的经理吧？我不解地问。同时，也为自己刚才冒失的言行感到了深深的愧疚。

不是，那个年轻人就是我。企业家说，所谓成功，就是无数细微之事最完美的堆砌与积累，并且不能放过每一个细节。能够把一件小事真正做好的人，绝不会忽略灯箱上的棉被。

不是每一辆汽车都叫劳斯莱斯

劳斯莱斯可以说是世界汽车王国雍容高贵的唯一标志，它在问世初期就几乎等同于大英帝国的权力、尊贵与繁华。无论它的款式如何老旧，造价多么高昂，至今仍然没有挑战者。

劳斯莱斯于 1907 年推出的"银灵"轿车，与其竞争对手相比具有三大特点：制造工艺简单、行驶时噪声极低，从静止状态到加速至时速 96 公里，仅需要 5.7 秒。这三大优势很快就成为劳斯莱斯的经典，也使得其不久便被誉为"世界上最好的汽车"。

劳斯莱斯最大的与众不同之处，就在于它大量使用了手工劳动，在人工费相当高昂的英国，这必然会导致生产成本的居高不下，这也是劳斯莱斯价格惊人的原因之一。在劳斯莱斯创业伊始，其销售业绩也曾经一度停滞不前，好多业内人士对公司的这种高端路线也持怀疑和否定态度，认为劳斯莱斯应该走大众化路线。它的创始人亨利·莱斯却不这样认为。他说，车的价格会被人忘记，而车的质量却长久存在。

也正是基于这样的观点，劳斯莱斯的底盘和车体结构、整车内饰完全由手工制作，即使其外壳也是由钛铝合金在模具上由极为熟练的专业队伍，经过辛苦的手工焊接打造而成。车体的每个三维尺寸都经过激光检测，以确保其精确度严格控制在 0.5 毫米以内——相对于一辆长度超过 6 米的汽车来说，这个数字无异于一个巨大的挑战。

据统计，该公司制作一个方向盘要 15 个小时，装配一辆车身需要 31 个小时，而安装一台发动机要 6 天。正因为如此，它在装配线上每分钟只能移动 6 英寸，这样算下来，制作一辆四门车则要耗费将近三个月的时间。单是劳斯莱斯车头上的吉祥物：那个小小的带翅膀的欢乐女神，其制作过程也极为复杂。需要经过手工倒模压制、至少 8 次手工打磨和 64 分钟机器研磨才能诞生。即便如此，每一辆车在出厂前，都要经过长达 5000 英里的全程跟踪测试。所以，一般来说，订购劳斯莱斯的每一个客户都需要耐心地等候半年以上。

劳斯莱斯年产量只有几千辆，这个数字连世界大汽车公司产量的零头都不够。但从另一角度来看，却物以稀为贵。劳斯莱斯轿车之所以成为显示地位和身份的象征，完全得益于该公司严格控制年出产量、严格审查轿车购买者的身份及背景条件。劳斯莱斯曾经一度有过这样的规定：只有贵族身份才能成为其车主。也就是说，在当时，即使你真的腰缠万贯，你也不一定有资格拥有一辆全球顶级的劳斯莱斯汽车。

不仅如此，劳斯莱斯还实行全方位的质量跟踪体系。早在 1908 年公司就决定由其专业的机械师定期上门为客户进行车况检查，该公司还郑重承诺：无论您在全球的任何一个角落抛锚，我们的技术人员会在 24 小时内及时赶到您的身边。事实上，由于过硬的质量，你几乎从不会看到劳斯莱斯在任何一个时间地点抛锚。劳斯莱斯这种经营模式很快取得了空前的成功。

不是每一辆汽车都叫劳斯莱斯，这是劳斯莱斯多年来一直秉承的宗旨。做"世界上最好的车"，让每一辆生产出来的车辆都是贵族，并且有资格称为劳斯莱斯，这才是其成功之真正所在。

不是每一只打火机都叫 Zippo

　　时光倒溯到 70 年前，一个夏夜，虫儿呢喃，凉风习习。在美国宾夕法尼亚州的布拉福的乡村俱乐部里，乔治·勃雷斯代习惯性地掏出雪茄，一摸口袋，却忘了带火。一个朋友递来一只老式且笨重的澳大利打火机。这种打火机在大街小巷的商店里比比皆是，而且顶多只值一美元。看到乔治·勃雷斯代狐疑的神情，朋友说，你可不要小看它，这玩意儿管用。

　　后来，乔治·勃雷斯代看到很多司机也在使用这种号称管用的老式打火机，不由心生灵感，既然这么多人喜欢这种打火机，自己何不在这小小的打火机上做做文章？于是，乔治·勃雷斯代买断了这种打火机在美国的代理权。

　　1932 年，乔治·勃雷斯代创立了 Zippo 公司。乔治逐步改进了打火机笨拙的外形，并开始生产自己的打火机，次年，第一只 Zippo 打火机问世。其后不久，Zippo 获得了美国专利。

　　在 Zippo 成功问世后，乔治不断地改进它的外观及性能。乔治看到出租车司机在炎炎夏日开着车窗，为了点烟，不得不靠边停车。于是，乔治就依照它的原始结构，重新设计 Zippo 的防风功能，由 22 个零件经 108 道工序精制而成，使得 Zippo 可以在任何恶劣的天气下都可以一点就着。

当你点燃手中的 Zippo 时，它就会一直燃烧下去。这不仅仅是一句广告语，更是 Zippo 公司的郑重承诺。乔治严格控制每一只打火机的质量，每一批次都经过百次抽检试打，稍有瑕疵，就回炉重造。不仅如此，Zippo 还不论购买时间，实行终身免费维修，无法修复者，公司将提供全新的替代产品。也正因为此，Zippo 逐渐打开了美国市场。

其后不久，第二次世界大战爆发。乔治敏锐的意识到，倘若能将 Zippo 打入军队，不仅可以增加销路，还将是一个无形的广告。

从此，乔治不停出入有军人出没的各种社交场合，把 Zippo 免费派发给军中的中高级将领试用。时任国防部长的艾森豪威尔将军用后也赞不绝口。由于 Zippo 打火机具有一打就着及优秀的防风性，由此，Zippo 渐渐打开了军需市场，并成为美国众多打火机产品的佼佼者。

二战期间，随着无数的美国军人带着 Zippo 辗转世界各地参战，所到之处，无不留下了 Zippo 咔嚓的声音。Zippo 可以用来照明求救，温暖冻僵的双手，敲打墙上的钉子，击碎坚硬的玻璃。几个美国大兵甚至靠 Zippo 打火机和一个空的钢盔做了一顿热饭。在一次激战中，美军中士安东尼被子弹恰好击中了上衣口袋的 Zippo 打火机，机身严重凹陷，但安东尼却毫发无损。

Zippo 后来逐渐发展成为全钢制造，手工打磨，虽然价格不菲，但凭借美国军需品过硬的质量和良好的口碑，Zippo 逐步走入世界上每一个国家和地区，并创造了全球每天生产 65000 支打火机而不滞销的奇迹。如今，那一只只带有全球唯一编号的 Zippo 打火机，早已成为每一个成功男士身份和地位的象征。

在乔治·勃雷斯代的办公室里有这样一幅标语：我们的每一只打火机都叫 Zippo。这不仅是 Zippo 公司 70 年来坚定不移的信念和

追求，也是 Zippo 产品质量精益求精的真实写照，

不是每一只打火机生产出来就叫做 Zippo。事实上，Zippo 公司每年回收和销毁的打火机数量远远超过正品。但事无巨细，只有真正做好每一只打火机，这才是成功之所在。

捕猎潜艇的海鸥

二战期间，在英国的海湾战场上，德国使用了大批量的潜艇投入战斗，用以阻击美国向其他国家运送战争物资的船只和舰队。

由于英国属于岛国，四面环海，所以英国几乎大半的战争物资都是靠海上运输来供给。也正是基于此，德军的潜艇更是频频出现在英国海域，攻击英军和过往船只，几乎完全切断了英国的自由出入。而且，由于德国空中战备极其尖端，有一段时间，几乎使英军的海上和空中航线完全陷入了瘫痪状态。英军也曾经试图用航母打击德军潜艇，但由于德军的舰艇常常神不知鬼不觉地从水下发动猝不及防的攻击，其结果往往是灾难性的。

为了对付德国的潜艇，英国想出了许多办法，用鱼雷轰炸、用直升机截击。但每次都是因为不能准确锁定敌舰的位置，均以失败而告终。既无法进口设备精良的武器，本国的战略物资也无法及时运出，英国战场几乎陷入了僵局。

一天，一个叫做托马斯的少校军官在甲板上向远方眺望。无意间，他发现，前方不远处，在夕阳的余晖下，有数百只海鸥正盘旋着飞向前方某一个目标。会不会是发现敌情？约翰斯命令手下把军舰开到近前，原来是众多的海鸥在分食漂浮在海面上的一具鲸鱼尸体。这种情形，在海面上偶然可以看到，所有的士兵都不以为然了。但此时托马斯却突发灵感，他想出了一个简单而有效的办法，那就是利用经过训练的海鸥来发现敌人的水下潜艇。

托马斯首先让自己的潜艇在海面不断地沉浮，在潜艇浮出水面时候，通过正上方的直升机向潜艇上方海面抛洒食物，由于海鸥具有成群争食的习性，所以一旦有潜艇浮出水面，附近海域的大批海鸥便纷纷聚集过来。经过反复多次的训练，海鸥形成了条件反射，它们逐渐把浮出的潜艇或者水下的黑影当作了进食的信号，只要一看见水下有黑影运动，就立即在海面尾随盘旋。如此一来，只要通过海鸥的成群聚集，就可以准确锁定敌方潜艇的具体位置。

随后，英海军在海面上建立了大量的瞭望观察哨，通过望远镜观察海鸥的聚集情况来判断敌情。从此，只要有德军的舰艇在浅水下航行，成群结队的海鸥便会紧紧尾随，一齐围拢过来，紧随潜艇贴近海面追逐盘旋。当德国的潜艇刚一浮出水面，大批早已做好战斗准备的英国猎潜飞机和舰队早已尾随包抄过来，给予其迎头痛击。

正是由于运用这种海鸥猎潜的办法，英军大大提高了反潜作战的效率，并且，很快夺回了制海权。出乎了所有人的预料，小小的海鸥，居然为英军的最后胜利奠定了坚实的基础。

直到今天，人们在英国格里姆斯比城的海滩公园还可以看到这样一组石雕：在德国潜艇上方飞翔着十数只海鸥，它向人们揭示了：这些小小的海鸥为那次战役所做出的不可磨灭的功勋。很多年后，这段精彩的战例还被写进了英国国防部的作战守则，在其下方只有一句批语：机遇和成功无处不在，关键在于你能否运用和把握。

威廉王子的婚礼与谁有关

英国当地时间 2011 年 4 月 29 日，威廉王子与"灰姑娘"凯特的"童话婚礼"，吸引了全球 20 多亿观众的眼球。

在这之前的 2010 年 12 月 12 日，英国官方就提前公布了威廉王子和未婚妻凯特的订婚照片，其中最引人注目的当属凯特手指上那枚硕大的蓝宝石订婚戒指。这枚戒指中间是一颗 12 克拉的蓝宝石，在其周围还镶嵌着 14 颗小钻石，无论是造型还是款式均出自世界名家之手，绝对堪称无与伦比。而且，由于这枚戒指也是威廉的母亲、已故的戴安娜王妃订婚时戴的，所以不光价格不菲，而且意义非凡。

相信，那枚戒指的图片，全球不下于数亿人看到，但一个叫周明旺的年轻人却陷入了沉思：不谈别的，单单是缘于英国人民对戴安娜王妃的尊敬与厚爱，倘若能够成功推出这枚戒指的仿制品，肯定能引起热销。说到做到，从看到网上那张令人震撼的戒指到设计定稿出样，仅仅用了一周的时间，其一手经营的义乌名望饰品有限公司就在互联网门店迅速推出了"王妃戒"的仿制品。"王妃戒"十分精致漂亮，倘若不谈其质地，仅仅从外观上来比较，完全可与真正的王妃戒相媲美。其最廉价的一款，是用亚克力材料制成，售价还不到 3 美元。而最高档的一款则用氧化锆石来取代蓝宝石，用优质闪亮的莱茵石替代钻石，一枚钻戒要卖到近 40 美元。这样，也充分满足了顾客不同层次的要求。为了避免知识产权纠纷，周明旺还查阅了国外相关的法律条款，并咨询了相关律师，将其仿制品在原图片基础上做了些许改动，夹蓝宝石的白金小爪子比正品少了 6 根，戒指环上的花纹也设计的和正品不一样。不仅如此，周明旺同时还开发了与这场婚礼以及与戴安娜王妃有关的项链和胸针等系列产品。

2010 年 12 月 21 日，一位英国的客商在网上看到了这枚戒指，当即找到了周明旺下了订单，第一批戒指成功发送到海外。谁也没有想到，由于在短时间就引起了英国民众的疯狂排队抢购，这种戒指居然一下子吸引了英国《金融时报》等国外知名媒体的广泛关注。由于媒体的及时介入和铺天盖地的宣传，不到两周，定购这款戒指的海外订单已经不下 50 个，其中大部分来自英国。在许多同行觉察到这一商机的时候，周明旺的公司早已与全球十余个国家的分销商签订了合同并派发了大量的订单。

2011 年 4 月 29 日，英国威廉王子与凯特的这场全球瞩目的婚礼正式举行，伦敦几乎万人空巷。而在婚礼前几个月，周明旺已经赚了个盆满钵满。截至婚礼前一天，该公司已销售近 500 万枚婚戒，而来自海外最大的一笔订单竟然是要求在婚礼前一周内发货十几万枚这种戒指纪念品。

相信，亿万出席和旁观这场"童话婚礼"绝大多数都只是匆匆而过的看客，他们所期待和感受到的仅仅是一种视觉上的盛宴，真正认为王子的婚礼与自己有关的，并不多。而周明旺不这样认为，他靠自己敏锐的商业嗅觉，成功地从威廉王子的婚礼上找到了先机和商机。

他们都和总统有关

先来说说这样 4 个生活在不同地区的美国人。

（一）

邻居们都亲切的称呼他"奥扬戈"，最近 5 年来，他一直在一家夫妻店卖酒，一周上 5 天夜班，月薪只有 1300 美元。要不是因为一次酒驾，他永远不会进入众多美国公民的视线。

2011 年 8 月 24 日，在马萨诸塞州的弗雷明汉区，奥扬戈·奥巴马驾驶着一辆白色三菱越野车在夜色中急速行驶。当汽车行驶到一个十字路口时，迎面警灯闪烁，在警员的挥手示意下，他摇摇晃晃地走出汽车。

奥扬戈接受了酒精测试，显示其为醉酒驾驶。经过法官的深入调查，早在 1992 年，移民法官就曾向奥扬戈发出了驱逐令，而他一直非法留美近 20 年。于是奥扬戈被当地警方以非法移民罪拘留，并拒绝保释。

（二）

在美国波士顿，杰图妮生活潦倒，甚至还患上了高血压、自体免疫紊乱综合征，并且一度近乎瘫痪。通过隐藏身份，她东躲西藏，最后获准在波士顿的一座残疾人公寓居住，并在好心人的帮助下，获得了一份宣传员的工作，但这份工作的报酬远远还不够她自己维持生计。为此，她常常在小区门口购买彩票，希望藉此来改变贫穷的命运，但命运之神却从没有眷顾过她。

2010 年 5 月 17 日，经过多次的申请和审核，波士顿移民法院终于批准了杰图妮的政治避难申请。她也由此结束了 11 年的"盲流"生涯，成为"祖国的一员"。而极具讽刺意味的是，在这之前不久，杰图妮曾向美国总统奥巴马捐赠了 265 美元的竞选捐款。后来，竞选团队居然退还了捐款，理由很简单，因为她不是祖国的公民。

（三）

在肯尼亚西部尼安萨省的一个村落，有几间新盖的平房，围绕平房一周的是一个红砖砌出来的简陋的围墙，这个院落就是现年 89 岁的萨拉老人的家。最吸引人注意力的是这个家里居住的上百名孤儿，他们全部来自附近的村子，有的是因为残疾，有的是遭到遗弃，而其中大多数都是 4 到 18 岁的"艾滋孤儿"。从十数年前，萨拉就开始收养这些无家可归的孩子，并且矢志不移，当地人亲切地称她为"萨拉妈妈"。

（四）

2010年1月20日，盛况空前，几乎全世界所有的媒体都在直播美国总统奥巴马的就职典礼。而在肯尼亚的一个酒吧里，一个跟奥巴马有着同样肤色的年轻人一边喝着闷酒，一边看着电视直播。

没人知晓他的身份，也不会有人关注他的身份，他每天的生活费甚至还不到1美元。一个彻彻底底，真正生活在贫民窟的年轻人。

这是生活在美国社会最底层的四个普普通通的民众，以至于走在熙熙攘攘的美国大街上，人们根本就不会认识他。仅仅因为奥扬戈的那一次酒驾，他在警局居然扬言要打电话给自己的侄子——现任总统奥巴马先生，他们的生活状况才被美国媒体广泛披露出来。这几个贫困潦倒的人都是美国现任总统奥巴马的亲戚。因为与总统奥巴马有关，他们也一下子成了全美国民众茶余饭后所谈论的焦点。

人们之所以记住了这四个普普通通的人，我想，这其中最主要的原因，不是源于他们与奥巴马本人有任何关联，而是因为即使他们有一个贵为总统的亲戚，他们的生活也没有因此得到丝毫的改变。

157

给亿万富翁玩一场排队游戏

1970年，他出生在卢森堡一个平凡的家庭。他早年曾在日本留学，从23岁开始，他开始在安达信会计事务所工作。当然，在他的心目中，这仅仅是为了生计。他的收入，也仅仅能够维持家用。他的父母都是极为普通的工人阶层，可以说，这是一个生活在社会最底层的极普通的小伙子，平平常常，以至于，即使你在熙熙攘攘的大街上和他擦肩而过，也不会注意到他的存在。

1990年，他作为一个进修生走进了中国人民大学的校园。他很热爱这个陌生的国度，每每回国，身边的人问起：中国怎么样？他就陷入了沉思。是啊，如何用最简洁的方式向别人介绍美好的中国？后来，他想到，也许用最成功的人，可以完好的代表一个国家和地区。那么，什么才叫最成功的人？成功的定义和标准很多，似乎很难衡量，唯有通过财富，即他所取得货币的多少，这才是唯一的评判标准。也正是从那个时候，他有了一种想法，那就是给中国最成功的人士标出他们的身份值。

然而，在十几亿的人群中，如何去大海捞针，找出这些各个行业的佼佼者呢？他把目光盯上了上证交易所、商业杂志封面人物和财经台的访谈人物。尽管他联系上的每个人物均明确表示拒绝任何形式的采访，没有一个人愿意提供自己的财富数字，甚至还有人对他提出了种种威胁。但他不为所动，他决定用自己的方式，不经过任何当事人的首肯，给中国各行业的富翁玩一个极其严谨的排队游戏。

1999年，正值中华人民共和国建国50周年，他开始高调推出中国大陆富豪排行榜，从不愿意露富的中国富翁第一次违心并且是高调进入人们的眼帘，一下子，成了大街小巷人们所热议的焦点。

是的，他就是胡润，中国富豪榜的创始人。由于他的杰出贡献，2001年，他成为《福布斯》杂志中国地区首席调研员。其后，由于种种原因，他和《福布斯》分道扬镳。2002年底，他开始与《欧洲货币》杂志合作制作富豪榜，并于三年后创办了自己的公司，继而成功推出了胡润百富榜。13年间，每年3月14日的排行榜一经推出，无不像一个重磅炸弹一样，吸引了中外媒体、业界和坊间的广泛关注。

由于胡润排行榜在发榜13年间，先后有24名富翁纷纷落马，所以曾一度遭到众多媒体的误读，说这简直就是"杀猪榜"，而胡润不这么认为，他说："该死掉的猪，不管上不上榜，都会死掉的。"也正因为此，胡润百富榜也迅速在全球一举成名，以至于在包括中国在内的很多国家和地区，提起他的名字，几乎是无人不知无人不晓。许多富翁期待上他的排行榜也害怕登上他的排行榜，连崔永元也说："胡润，一位英国小伙子，不远千里来到中国，做了一个中国人本来不知道的百富榜，把中国富人推向了世界，也让世界了解了中国！"

财富无处不在，几年前，当胡润经过数十个日夜的煎熬，他所辛苦制作的一张富豪排行榜，仅仅只能从《福布斯》杂志换取几千元的稿费。而今天，他的富豪榜单却能为他带来每年超过千万元的收入。用胡润自己的话说，他的成功，是无意间给中国的亿万富翁玩了一场排队的游戏。

像流水那样活着

时光，毕竟犹如流水。从大海归来，不觉又有数月，但我总走不出那种汹涌澎湃与惊涛骇浪。

那是一个阳光晴朗的午后，我赤着脚，走在海边的沙滩上。在我的身后，是两行深深浅浅的脚印。

之前，我看过不少的溪水、河流，但彼时，面对着无边浩瀚的大海，我真正有了一种震撼与感触。"三山六水一份田"，无论田间野壑、崇山峻岭，凡是有沟渠河海的地方，总有流水的存在。水，无色、无味、无形，以液体的形态遍布全球，或流淌于地表，或隐藏于地下，和阳光雨露一起，滋养了万物生灵。

人往高处走，水往低处流。这是对水的精神一种误解。水之所以选择向下，是能量的聚积与蕴蓄。即使是涓涓细流，也总是默默向前，永不回头。在高山峡谷，每当遇到岩石与暗礁的阻碍，水总是理智地选择分流，并迂回包抄，最终越过层层障碍。因为流水知道，到达大海，并非只有直线才可以做到。尽管生命的路径和曲线有所不同，但永不停息自己向前的脚步，直到最终奔腾入海，唱出生命的澎湃与颂歌。

"天下莫柔弱如水，而攻坚强者，莫之能胜。"看似柔弱的水，绝不是两种元素的简单组合。滴水穿石，这是水的执著与孜孜不倦；水到渠成，这是水的奋斗与追求。很多时候，做人也要如同流水，不要问自己从哪里来，到哪里去。只要活着，就要像水一样默默地流淌，一路奔涌向前。即使最终干涸，也要勇敢的，与一种叫做命运的东西相搏击，给生命留下一丝奋斗的痕迹。

水是有灵性的，懂得团结与包容，或惊涛骇岸，或波澜不惊；或奔流不息，或平坦如砥。参透日月精华、涤荡世间污垢。像一首歌所唱的，万泉成水，终究汇流成河。做人也要如同流水，不计得失，不在乎自己生存的形态，在人生长河中，无畏风雨，勇敢前行。

生活是一种很奇怪的东西。看似强大，贵为万物之灵，并且统治着整个世界的人类，倘若仅仅从生态平衡的角度来看，与一株小草、一滴水并无二样。遇到挫折时，我们不妨把自己想做流水，在困境中，停顿不是停滞。很多时候，生活需要反思与追问，并且像流水一样，遇深壑而充盈，不断地汇聚、流淌，凝聚厚度与深度，蕴蓄希望，最终走出人生的深潭。

君子以水喻德，以水明志。人，活着，就应该像流水，能屈能伸、可包可容。以流淌带动他人，以洁净洗涤污垢，不甘于岁月的淡忘沉淀，无畏于人生的跌宕沉浮，努力适应并且改变环境。即使是涓涓细流，也一样坚忍不拔，哪怕前方再无出路，依然不断向前。

像一位哲人所说的，人生行路，最可怕的不是眼前尽是沙漠，而是心目中没有绿洲。不要惧怕暗礁险滩与高山危巅，遇到困难，不妨效仿流水，理智的思索一下，绕过去，总有峰回路转，柳暗花明的时候。

像野草那样活着

野草，向来是难登大雅之堂的。一是因为野，二是因为其有着顽强的生命力。沟渠野壑，墙缝瓦砾，甚至坚硬的石缝，只要有泥土的地方，随处可觅野草的踪影，或一丛，或一片。中国自古以来似乎都是物以稀为贵的，也只有一些落魄的诗人，才会有"野火烧不尽、春风吹又生"的诗句。像一个黑瘦的老人所形容的那样，野草，根本不深，花叶不美，然而吸取露，吸取水，这是当代对野草精神最完美的写照。

野草在全球大约有500多个品种，单是无药用价值的就有170多种，许多野草到目前仍未被发现，或者说还没有拥有自己的名字。但正是这些知名和不知名的野草，用纤瘦细长的叶子，默默无闻地，修饰和点缀了这个世界。

很多时候，面对着那些泼辣生长的野草，我会有一种莫名的感触。人就应该像野草那样活着，即使默默无闻，也要扎根于砖块瓦砾的缝隙中，汲取阳光雨露，不畏严寒酷暑，不计得失，默默地给这个世界奉献一抹新绿。

没有玫瑰的娇艳与婀娜，没有大树的挺拔与坚硬，但野草却不畏严寒酷暑、无视狂风暴雨，哪怕选取不被人注意的一角，也要挤出重压的岩石，能屈能伸、坚忍不拔，并且仍然春绿秋黄、岁岁枯荣。

野草的生命里没有退缩与忍让，永远向上并且勇往直前。野草的一生是平凡的一生，但正是这平凡，才决定了它与人无争、与世无争，默默的延续和繁荣。

野草是这个世界上最为平凡和普通的植物，但却具有最顽强的生命力。野草是有灵性的，有春的绚丽，有夏的泼辣，秋的丰实，更有冬的蕴蓄。山野与丘壑少不了小草的点缀，这是每一位画家作画时的心得；即使茎叶沦为牛羊口中的美食，小草仍然留下自己倔强的根，为来年的生长做下强有力的蕴蓄与铺垫，这是小草的执著与追求。所以，有经验的农民在拔草时一定是连根拔起。

野草的由来早于恐龙，当那些曾经主宰地球若干万年的生物早已绝迹，或者成为坚硬的化石，或者早已成为滋养野草生长的泥土，野草却依然默默地繁衍至今。

寂静的夜里，倘若忽视虫儿的呢喃，面对黑暗中的野草，用一颗虔诚的心，你可以感觉出它的卑微与成长。

人也应该如此。做不了大树，就做一棵小草。但即使是做小草，也应该做一棵有花、有果实的小草。并且开花结果，生生不息。

像蒲公英那样活着

儿时，我生活在父亲插队的农村江苏沭阳。每到秋季，田野、路边、沟渠旁都是白色宛如球状的蒲公英花朵。掐一朵，抓在手中，茎上还有白色的鲜嫩的汁水。我和小伙伴欢呼着，奔跑着，嘟起小嘴，对着白色的花球，用力吹上一口气，降落伞般的绒絮便迎风飘飞，纷纷扬扬……

这样的场景时常浮现在我的眼前。多年以后，移居城市，在钢筋混凝土浇筑的城市里，已经少有这种植物了。只是在小区一角，一个待开发的工地旁，有几株蒲公英默默无闻的生长。每次带着儿子经过，我都会对儿子说，秋天，它们就会变成一把把小小的降落伞。儿子总是不以为然。生活在城市里的孩子没有看过蒲公英，这也许并不是什么稀奇的事情，但我的童年却永远离不开蒲公英的影记。

终于，那些淡黄色的小花逐渐泛白，生长成球状，并绽放开。在一个清风和煦的午后，我带了儿子，爬上了那个土堆。我像个孩子一样，眯缝起眼睛，将一把把小小的降落伞吹散，在微风中，看蒲公英的种子随风飞扬，翩翩起舞，并渐渐向远方飘去。

从儿子的欢呼雀跃中，我似乎看到了自己童年的影子。貌若平常的蒲公英，原来一直没有走出我的记忆。很多时候，我会有一种感触：做人也要像蒲公英那样，随遇而安，不畏岩石罅隙，不畏土壤的贫瘠。撑着一把命运的小伞，不管落到哪里，只要有一丁点土壤，都能顽强地生存，并且开花结果，繁衍不息。

很多时候，人生就是像蒲公英一样背好行囊，飞向梦想。

既然人生注定要漂泊，就做一粒平凡的蒲公英种子，即使没有落英缤纷，没有浓郁的花香，也要扎根于一方水土，奉献一株新绿。

蒲公英最吸引儿童注意力的，是它那可以随风飘扬的种子。我之所以难忘蒲公英，不仅源于童年的记忆，更有着对生活的感悟，做人一定要像蒲公英一样，即使在风中已经没有了自己的选择，也不要嗟叹命运的不公，只要有适宜的土壤，一定要生根发芽。

人生需要包容

儿时，常和小伙伴们玩锤子、剪刀、布的游戏。游戏规则是，锤子胜剪刀，剪刀胜布，布胜锤子。

很多时候，我觉得前两条规则尚可理解，但对于布可胜锤总是感到不可思议。一直在猜想，柔似羽、薄似纸的布如何能胜过坚硬的锤子。

许多年以后，饱尝了生活的艰辛也终于慢慢明白：布为什么胜锤？是因为锤代表执着，布代表放得开，所以布胜锤。那么，布碰到剪刀不是输了吗？对，只要放得开，输赢又有什么关系？

人生需要执着，像锤子一样，拿得起，放得下，不畏坚韧，不畏强硬，在生活中勇往直前。

人生需要有剪刀般的果敢，快刀斩乱麻。不拖泥带水，不颓靡于困境，在每一个紧要的关口都能果断做出抉择。

人生更应该像布一样的放开与包容、不计得失。

荀子曾经说过："君子贤而能容罢，智而能容愚，博而能容浅，粹而能容杂。"人生也同样如此。

人生需要包容，但这包容不是忍让，更不是纵容。所谓包容即是用一颗宽容豁达的心，包容他人的缺点与错误，包容他人的指责与误解，包容他人的侵犯与攻击。包容不是看破红尘，在包容里也没有逃避与逃离，包容是时时面对，包容是不弃不离。包容可以化敌为友，包容可以化干戈为玉帛。大海之所以能浩瀚并且博容江河，因为大海选择了滔滔坚忍。人也必须有一颗包容的心，宽广的胸怀，这样才能容纳百川。

人生需要包容，这包容不是退让与忍耐。对现实的包容并不意味着满足，对困境的包容并不代表停滞不前。人生总是在不断地进取。很多时候，包容与宽容同义，用一颗宽容的心，换一个崭新的视角去看待这个世界，你会有许多惊奇的发现。

但有一种情况决不能包容，那就是面对邪恶你决不能选择退缩，在黑暗中我们必须要看到光明，对于在沙漠中行路的人，可怕的不是满眼净是荒凉，而是心目中没有绿洲。

人生就像布剪锤，从某种意义来说，有得必有失。人生就是在这不断的得失与包容进取中，不断地成熟与完善，并且日臻向上。

修补人生

宋人洪迈有一首《洗衣诗》，诗中这样写道："一滴清油污白衣，斑斑驳驳使人疑。纵绕洗净三江水，争似当年不污时。"试想，一件洁白的衣服，沾了一滴刺目的清油，是如何的令人惋惜和遗憾。由此想到人生。从呱呱落地开始，人生又何尝不像是一块洁白崭新的画布呢？每个人都在从不同的角度，用不同的笔触在书写自己的人生。无论精彩也罢，肮脏也罢，

衣服脏了，还可以清洗。但人生却无法洗涤，更无法重来。很多时候，逆境和坎坷会催人觉醒，教人奋进。

人生不可洗涤，但人生却可以修补。过去已经成为铁一般的事实，并且无可抹杀。但未来却只掌握在自己的手里。尽管洗不净昔日的污垢与斑点，但可以重新涤荡一下自己的心灵。修补一下人生，痛定思痛，不在过去摔跤的地方再次跌倒，你会走好今后的每一步路。

修补一下昔日的裂痕，你会发现原来破镜也可以重圆，尽管依旧有裂纹，但从某种意义来说，它毕竟还原了一段并不完整的经历与记忆。人生需要珍惜，错过了机遇就只有惋惜；人生需要修补，从过去的裂痕中走出，才会走出完整的人生。

修补一下悲观的心境与心态，走好今后人生的每一步路。尽管

前路漫漫，尽管依旧有些步履蹒跚，但只有走出昔日的自我，才能从颓废中走出淡泊、走出从容，从逆境中走向坦途。用一种豁达的心境面对人生，自然会有更多的感悟。人生像一面明镜，镜中人嬉笑怒骂，表情全在于你自己。

修补一下感官的认识，用一种崭新的视角去看待人生。重新的审视这个你认为不尽如人意的世界，你会有一种惊奇的发现。原来日子可以这样写，人生可以这样过。很多时候，人生就是生活。生活的滋味需要不同的读取与领悟。你赋予生活晴空朗日，生活自然回馈你鸟语花香；你强加给生活凄风冷月，生活还给你的必然是淫雨霏霏。

人生没有一帆风顺，只要有洗净三江水的决心与毅力，何愁不能修补自己惨淡的人生。挥挥手，潇洒的和过去告别，你就重新走出了一个崭新的自我！

罅隙里的商机

在日本大阪，有一个世界闻名的电子城，这里几乎汇聚了全日本近三分之二的手机生产厂家。由于激烈的市场竞争和长期的拉锯式价格战，使得很多厂家都濒临倒闭的边缘，村田所在的一家小型手机厂，也难逃挣扎沉浮的命运。由于妻子身患重病，一双儿女年龄幼小，一家4口的温饱问题，都落在村田的肩上，捉襟见肘的日子，村田不禁整天长吁短叹。

一个冬日，村田和几个外地友人去参观富士山，他们从北麓登上了山顶，在临近顶峰的道口，他们惊奇地发现，在这整个富士山最为平坦的地方，居然是寸草不生，只有在一些悬崖峭壁的罅隙里，才稀稀拉拉生长着一些树木。他们不解地问导游，导游说，这里是整个富士山最大的风口，由于恶劣的气候环境和最强劲的北风，这里临近风口的树木几乎都无法生存，所以，只有在罅隙里的那些树木，才能避开山风的袭击，在罅隙里扎下根，顽强地生存下来。

说者无心，听者有意，村田忽然有了灵感，既然自己无法改变手机厂濒临倒闭的命运，那何不换一种思维，像罅隙里的树木一样，果断的做出改变和抉择？

回到家里，村田迅速开始查阅资料，他很快得知，在当地所有的大型手机厂商里，几乎所有的配件都是靠自己加工生产，只有那最不起眼的焊锡，由于当地资源的紧缺，完全要依靠进口。这小小的焊锡，也许就是最大的生财之道呢。

村田很快就做出了决定，从零开始，他开始投资那最不为人们发现和重视的焊锡以及其配套产品。村田每天不停地东奔西走、请客送礼，不到半年的时间，他就和电子城将近一大半的手机厂商签订了供货合同，承诺以低于他们自己的进货价格，向他们提供高精度的焊锡。任何人也不会想到，正是这小小的焊锡，为他濒临倒闭的手机厂赚得了第一桶金。很快，他的职务得到了晋升。

先机就是商机，半年以后，等到更多投资者和那些小型手机厂商嗅到这其间所蕴含的巨大商机，开始转行投资焊锡的时候，村田早已开始研究如何冶炼高精度的焊锡，并且进行大批量生产和外销了。不仅如此，他所投资和注册的村田株式会社还率先开始为几大知名手机厂商代为生产各种手机配件，研制和开发高端的手机软件，并逐渐开始向利润最为丰厚的房地产和食品产业进军。

这家公司就是后来全日本最大的焊锡公司——日本村田有上株式会社。短短十年的发展，该会社的分支单位已近遍布全国各地，而那些当初在大阪电子城苦苦挣扎的手机厂商，大多早已不复存在了。鉴于其卓越的成就，日本朝日新闻曾经这样形容：在日本，只要你手上握着一台地产手机，百分之九十九，你所用的焊锡和村田株式会社有关。

人们很容易被一种许多人都趋之若鹜的巨大假象所迷惑，其实，很多时候，那些看似繁华的表象，其内里，却早已没有了任何潜力可挖，而换一个角度，商机，或许就隐藏在那最容易被人忽略的罅隙里。

垃圾，是放错位置的财富

1953 年 8 月 10 日，他出生于意大利伦巴第州一个偏僻的小山村。由于家境贫寒，在童年的记忆中，他几乎没有穿过一件完整的衣服，没有吃过一片肉。在他出生后不久，两个姐姐就先后饿死。在他 8 岁那年，作为一家的顶梁柱的父亲也由于饥寒交迫，不幸染病去世。

从此，一家人的生活更为艰辛。母亲不得不靠捡拾垃圾来维持一家的生计。由于长期的蓬头垢面，再加上他身上的衣服又脏又破，小伙伴们都不愿意和他玩，用石块砸他，说他是没有人要的垃圾。

每当这个时候，母亲就会偷偷抹去眼角的泪水，蹲下来，拉着他的手，告诉他，垃圾并不可耻，在这个世界上，垃圾也是财富，就像院子里的这堆废铜烂铁，它们同样也可以换来美味的食物，只不过，它们被人们放错了地方。他似懂非懂的点点头，抹去了额上的鲜血，在心里暗暗发誓，自己长大后一定要出人头地，做一个人人崇拜的上等人。

从 7 岁开始，他不顾母亲的劝阻，开始每天在村口卖那种廉价的大碗茶，2 欧分一碗，虽然一天下来累得腰酸腿疼，也还是稍有盈利，勉强贴补了家用，也为他日后的经商奠定了基础。

15 岁那年，他偶尔听一个亲戚说到，集镇上的红玉米儿乎脱销。说者无心，听者有意，他马上找邻居借了一辆平板车，把家里的红玉米拖到 30 多里外的集镇。一趟下来，他赚到了近 20 欧元。这 20 欧元，在当时，足够维持他们家一个月的开支。不仅如此，他还把集镇里滞销的农具、化肥和农作物种子带回村里，卖给当地的村民。在这期间，他赚取了人生的第一桶金。

1972 年，年仅 19 岁的他组建了芬塔蒂尼再生资源回收商行。说是商行，其实，在创业伊始，充其量也就是一家砌了围墙的废旧品回收站而已。但是，他不像同行们那样坐在家里等生意，而是主动挨家挨户上门回收，由于价格低廉，诚信经营，且上门服务，在村民的心目中，他的商行慢慢有了良好的口碑。连附近的村落，大家都愿意把家里闲置不用的东西聚集在某一个村民家，然后，再集中卖给芬塔蒂尼商行。一年下来，他完成了原始的资金积累，他迅速地把这些聚集点发展成为连锁经营点，这可以说是意大利连锁企业的雏形。

不仅如此，在别人逐渐眼红并且有更大的投资集团开始涉足当地废旧品回收的时候。他早已开始研发垃圾的资源再生和合理利用。诸如把废木材加工成木屑然后再做成家具；把废旧金属冶炼做成农具销售给村民。芬塔蒂尼商行还积极参与当地市政建设。不到 10 年的时间，该商行迅速崛起，发展成为拥有员工近 3 万多人，集装潢、建材、金融等数十种行业为一体的大型国际化连锁企业。这家企业就是意大利芬塔蒂尼公司的前身，而一手创建这家公司的就是现任总裁阿戈斯蒂诺。

鉴于阿戈斯蒂诺的杰出贡献，意大利伦巴第州前洲长曾拍着他的肩膀热情洋溢地称赞他：仅仅从就业的角度出发，我们代表三万多家庭感谢你，因为这三万个家庭的命运与芬塔蒂尼公司息息相关！

　　2012 年 3 月，在意大利某品牌年会上，面对着镁光灯的闪烁和媒体记者的围堵，阿戈斯蒂诺在主席台上语重心长地说了这样一句话：这个世界上永远没有垃圾，只有放错了地方的财富。

给厄运果穿上吉祥外衣

在西印度群岛的热带雨林，生长着一种叫做隔木的果树。其果实状似南瓜，味如白蜡，连鸟雀也不肯问津。由于无任何价值可言，当地村民们对隔木果几乎不闻不问，任由其自生自灭。由于热带雨林常年雨水较为充沛，隔木果一旦成熟后便会落进草丛里，摔裂成几瓣，天长日久就会自然腐烂，其臭味堪比腐尸，在数米外即可闻到刺鼻的异味。不仅如此，由于隔木果的皮质较为坚硬，且不易腐烂，人一不小心踩上去，就像踩了香蕉皮一样粘滑，摔得满头满脸泥污、浑身恶臭。很多村民和游客深受其害，久而久之，大家都厌恶的称之为厄运果。

一个叫辛格的年轻人，他从小就不愿意过这种艰苦的日子，他暗暗发誓，一定要改变自己的命运。然而，长大后，像祖祖辈辈生活在雨林的村民一样，他整日面对的，也只是那一眼望不到边际的隔木树和杂草。很多时候，辛格在想，要是这种厄运果能用来出售，那该有多好啊。

然而，最初厄运果带给辛格的同样是厄运。很多次，在采摘林间野果的时候，他像村民们一样被摔得头破血流、满身恶臭。尽管如此，辛格也没有像村民们一样对厄运果敬而远之。甚至，他开始趴在草地里仔细地观察和研究起厄运果来。这种被当地人称作厄运果的果实，只要没有破裂，抓在手里把玩根本就没有异味，相反，其果皮还异常光滑，有一种淡淡的清香味。

时间久了，辛格惊奇地发现，有的厄运果在果皮上居然还有着美丽的花纹。经过研究，他终于明白，原来是有些树叶被雨水打落并沾附在果皮表面，遮住了阳光的直射，这样，时间久了，就在果皮上形成了一个树叶的轮廓来。辛格灵机一动，自己何不在果皮的表面做做文章，或许这小小的厄运果还真的蕴藏着巨大的商机呢！

接下来，辛格开始设计出不同的吉祥图案和文字，并且，他还设计出了可以把图案固定在厄运果表面的带有弹性的网线。在炎炎夏日，辛格在一个高高的梯子上爬上爬下，他为每一个即将成熟且已经基本定型的厄运果套上不同的字迹和图案。村民们看到辛格的奇怪举动，无不摇头叹息，即便是家人，对他的这种举动也感到不可思议，大家都说这小子疯了，居然迷上了这人人厌恶并且不值一文的厄运果。

到了收获的季节，辛格提前摘下了经过处理的厄运果，村民们惊异的发现，在每个厄运果的表面居然都"长"出了精美的图案和很多吉祥的文字。这种厄运果一到集市，立刻大受游客的好评并很快被抢购一空。

这个消息让当地所有的村民为之沸腾。从此，厄运果在村民的眼中成了宝贝，村民又给它起了一个好听的名字，叫做吉祥果。从此，任何一个到热带雨林的游客都会买上一个吉祥果，期待按照当地的说法，能够把吉祥和好运带回家。

辛格一个无意间的发现，不仅改变了厄运果曾经让人唾弃和不齿的命运，也彻底改变了自己的贫穷，并且，他还带领当地村民一起走上了创富的道路。

商机真的是无处不在。即使是任何人唯恐避而不及的厄运果，只要你能为让它穿上吉祥的外衣，它也可以给人带来无限的商机与希望。

为最浪费大王颁奖

时光倒溯到 20 年前，在法国戛纳某街头，新开了一家自助餐厅。众所周知，传统的法国饮食文化讲究精致温馨，且避开喧闹的人群，完全是一场视觉与味觉的盛宴，一桌人围坐在那里，持着刀叉，文质彬彬的用餐，一顿饭，往往要耗费几个钟头。而这一家自助餐厅却一改传统，地处闹市，而且方便快捷，不仅是外地游客，很多当地人为了赶时间，也纷纷选择在该餐厅就餐。所以，该餐厅一经推出，生意即异常火爆。

然而，令所有人想不到的是，一个月下来，经过盘点，该餐厅不仅没有盈利，反而亏损严重。究竟是什么原因，难道赚的钱像水一样流走了？但是，仔细检查，从采购原材料到收银，没有一个环节出问题啊。店长百思不得其解，陷入了深思。这时，院外传来了吵杂声。店长闻声赶出去一看，只见泔水桶里的污物和油水泼了一地。一个新来的小伙子，拿着笤帚和拖把迅速清理了地上的残羹剩菜。

这本是一件极其平常的小事，也许，根本就构不成一个故事。但二十分钟后，小伙子敲开了店长的办公室。

"我们餐厅的主打是海鲜和甜品。尤其是三文鱼和羊排更是成了我们餐厅的代名词了。这些，都是就餐客人的首选。相信，也是成本最高的菜肴。所以，您看看刚才地上泔水桶泼洒的菜肴，就可以看出是何等的浪费……"

接下来，小伙子从各种角度以及原材料的成本核算等方面，详细分析了该餐厅亏损的主要原因。想到刚才泼洒在地的泔水桶，看着店内依旧人来人往川流不息的景象，店长不仅微微颔首。"那么，你认为我们应该如何去避免这种情况的发生呢？"小伙子在店长耳边一阵耳语……

第二天一大早，细心的店员和顾客发现，餐厅吊顶的正中位置多了一盏可以自动旋转的投影灯。中午12点钟，正是高峰期，满屋的顾客正在就餐。这时，餐厅的喇叭开始广播了：亲爱的顾客，您好！感谢您光临本餐厅，今日的"最浪费大王"奖马上就要出炉了，稍后，我们将会为最浪费大王的获得者颁发丰厚的奖品，敬请期待——

最浪费大王奖？不光是顾客，员工也都愣住了。接下来，投影灯巨大的光圈开始在餐厅里旋转照射，两分钟后，光影落在8号餐桌的一位即将起身的太太身上。紧接着，两个身披红色绶带的姑娘把那位太太扶上了领奖台。全场顿时鸦雀无声，只看到那位太太面红耳赤，耸着肩膀，摊开双手，不停地拒绝店长递过的奖品。"浪费大王！浪费大王……"最终，这位太太带着奖品，在满场的口号和尖叫声中尴尬地离开了餐厅。

原来，这就是那个小伙子的计策。按照他的安排，餐厅开始每天颁发一个"最浪费大王"奖项。令所有人都感到不可思议的是，仅仅用了不到一个月的时间，该餐厅就彻底遏制了浪费现象的发生。很多外地游客还纷纷慕名来到餐厅，试图感受一下这个全球最特殊的奖项。以至于，顾客来该餐厅就餐，逐步需要提前预定了。也正是由于这种极具渗透和影响力的广告效应，不到半年的时间，该餐厅就在戛纳相继发展了 6 家连锁店。

这家餐厅就是著名的密史脱拉自助餐连锁酒店的前身，这个小伙子后来成了该连锁酒店的总裁，他的名字叫尼奥特·拉亭里。他只用了 20 年时间就打造了一个餐饮神话，如今密史脱拉自助餐连锁酒店几乎遍布全法国每一个城市。

尼奥特·拉亭里用自己真实的故事告诉人们：对于浪费，不一定要去罚款，相反，有时候你可以大张旗鼓地给予物质奖励。所谓堵不如疏，这种近乎嘲讽的奖励，也许，正是该餐厅的成功之道。

给自己找一个支点

任何一次成功与超越都需要淋淋的汗水与智慧，而所谓支点就是睿智与选择，坚持与信念，是前进的动力与力量的源泉，人生本无海拔，只是在不断的得失与失败中，找准并把握自己的支点，才能不断地超越和否定旧的自我。

给自己找一个支点

　　试想这样一个极其壮观的场面——在广袤深邃的宇宙间，一个叫做阿基米德的人屏息凝视，小心翼翼操纵着一个超级大的杠杆，在不停地寻找支点。继而，轻轻一按，撬起了整个地球。尽管这只是一个荒诞的设想，但在理论上却是完全行得通的。

　　曾经读过这样的话：要使一把大于手，一抱大于臂，一步大于腿之所及，不凭借什么外力，是不可能的。我不知道这种说法是否受了阿基米德先生的影响。

　　自从能够直立行走，具有超级的思维，人总是不断地在寻觅与追求，这是人的幸运，也是人的不幸。具有超级思维的人不会只像橡树上的松鼠一样只会存储一些越冬的果实。无论如何伟大抑或渺小，每个人总是生活在这个凡界。头顶三尺为天，脚下半寸为地，有了这上下的束缚，人就不会不知道天高地厚。凡事不如意者有三，这就使人左右为难，不得忘乎所以了。很多时候，贵为万物之首的人类，倘若去除机械与外力，即使与只具有简单思维的老鼠与蟑螂相比，也同样显得微不足道。

　　也正是基于此，命运给每个人的机会都不会太多，他只给了布朗一只左脚，霍金两根手指。但布朗以顽强的毅力练习用左脚打字，在 48 年的短暂生涯中，以惊人的毅力创作了 5 部长篇小说和 3 本诗集，15 个国家出版了他的著作，还改编成了电影，这些都是用一只左脚趾打成的：霍金因患"渐冻症"（肌萎缩性侧索硬化症），禁锢在一张轮椅上达 40 年之久，他的秘书曾私下对别人讲，他写一篇 1 小时的演讲稿需要 3 天的时间，打一段话需要近乎一个小时！但即使如此，霍金却身残志不残，顽强地利用这两根手指写出了科普巨著《时间简史——从大爆炸到黑洞》，获得 1978 年物理界最有威望的大奖——阿尔伯特·爱因斯坦奖和 1988 年的沃尔夫物理奖。

人生在世，总得有所倚仗、有所企及。不要一味相信自己，有时候需要怀疑和否定自己，依靠一下外力，寻找一个支点。人生本无海拔，只是有了脚下的参照物才彰显出人的高低。一个侏儒，站在山巅，看巨人都是矮子，关键是找准自己的支点。有了支点，即使是一只左脚、两根手指，也能支撑起顽强的信念！

鱼儿只有在水中才能游来游去，苍鹰也只有在蓝天才能自由翱翔，人生也同样如此。很多时候，人不仅需要和一种叫做命运的东西相博弈，更需要懂得追求与舍弃，该舍弃的时候，不要穷追不舍，该乘胜追击的时候绝不轻言放弃。在不断的得失与成败中找准自己的支点，迎难而上，与激流、暗礁和险滩搏击。

人生离不开支点，这支点是前进的动力，力量的源泉。很多时候，支点不是海迪身下的轮椅，而是推扶轮椅的双手；支点不是鲁迅手中的笔，而是对劳苦大众的怜悯与一颗不断进取的心。就像跳远运动员平地一跃前的助跑，跳高运动员腾空而起的撑杆。任何一次成功与超越都需要淋淋的汗水与智慧，而所谓支点就是睿智与选择，坚持与信念，不断地利用外界的获悉和听取，并且不断地超越和否定旧的自我。

找准自己的支点，才能活出精彩的人生！说这句话的不是智者就是阿 Q。

换一种思维

在北美洲有一个久负盛名的金矿，每年都吸引着全世界数以万计的淘金者。由于大量的采挖，黄金储量逐年减少。而要抵达金矿，必须渡过一条水流湍急的大河，但即便如此，在黄金那灿烂光辉的诱惑下，每天仍会有数千人在水面上挣扎沉浮。

一个淘金者，在经历了无数次的空囊而归后，有一日突发奇想："既然有这么多淘金者急于过河，我何不搞个轮渡，接送他们？"于是，他很快购买了一艘轮渡，专门用来接送每天数以千计的乘客，并在轮渡上做起了外卖，使淘金者远离了河水的威胁，也不用再去啃冰冷的干粮。在淘金者的眼中，他们所看到的只有眼前的金矿，而不会计较区区的几个美金，他的生意很快红火起来，成了当地最有名的几个富翁之一。

曾经读过这样一个故事，一个大学讲师在课堂上做了这样一个实验：用两个敞口的玻璃瓶子，分别装了一些苍蝇和蜜蜂。让瓶底向着光源。在经历了一段时间的横冲直撞后，苍蝇全部飞出了玻璃瓶。只有蜜蜂仍在孜孜不倦地向着有光源的瓶底不停地冲撞，一只也没有飞出，直至精疲力竭。这些号称勤劳勇敢的小虫子，就是这样在延续着自己的思维，不断往前，永远向着所谓的光明，从不敢越雷池半步，所以，永远飞不出只有不到十厘米之隔的逆光的瓶口。

换一种思维，小草的叶边虽然划破了鲁班的手指，但他看到的却不仅仅是常人眼中的鲜血，并由此发明了锯子；换一种思维，一个苹果砸到牛顿的头上，他感觉到的不仅仅是疼痛，而是从下落的苹果中总结出"万有引力定律"；换一种思维，伽利略能让两个质量不等的铜球从比萨斜塔上同时落地；换一种思维，能从严冬读出暖意，能从霪雨霏霏中看到晴空朗日；换一种思维，即使身处沙漠，心目中依然充满绿洲。

很多时候，怀疑自己，不要更多地相信自己。你之所以陷入了困境，就是因为你没有换一种思维去品读生活与发现自我。永远不要像蜜蜂那样，只知道追逐光源，有时候跳出常规，才是进取。

人作为这个世界上最高级的动物，富有想象力和创造力。在成功者的眼里，逆境正是一种潜在的机遇，只不过更多的人没有很好地去发现。很多时候，一种叫做进取的东西，蒙蔽和麻醉了人们的视线。人们选择了坚强与应对，而忽略了退让与选择，一味地钻进一条思想的死胡同。迷途而不知返，这是人的执著，同样也是人的悲哀。

走出自己的习惯。换一种思维，你会有更多的崭新的认知；换一种视角，你同样会有更多惊喜的发现。因为，上帝在为你关上一扇门的时候，同时也为你打开好多扇窗。

走出思维的误区

　　曾有人做过实验，将一只最凶猛的鲨鱼和一群热带鱼放在同一个池子，然后用强化玻璃隔开。最初的几天，鲨鱼不断冲撞那块看不到的玻璃，然而这一切只是徒劳，它始终不能游到对面去，更无法尝试那美丽的滋味。它试了每个角落，每个角度，每次都是竭尽全力，但每次也总是弄的伤痕累累、浑身破裂出血。持续了许久，后来，鲨鱼不再冲撞那块玻璃了，对那些色彩斑斓的热带鱼也不再在意，在鲨鱼的眼中，它们只是墙上会动的壁画。实验到了最后的阶段，实验人员将玻璃取走，但鲨鱼却没有反应，每天仍是在固定的区域游着。它不但对那些热带鱼视若无睹，甚至于当那些鲫鱼逃回对面去，它就立刻放弃追逐，说什么也不愿再游过去。

　　在鲨鱼的眼中，那块无形的强化玻璃已经成了一道不可逾越的鸿沟，或者说成了头破血流的代名词。即使撤除了玻璃，它也不敢再去触及那种在心灵深处早已根深蒂固的伤痛。很多时候，就是这种叫做习惯思维的东西影响了人们的思绪，束缚了人们的进取。

　　有一个教授做了个脑筋急转弯问题的答案统计，题目很简单，说是小明的父母生了3个孩子，老大叫大毛，老二叫二毛，那么老三叫什么？要求在一秒钟之内答题。许多人都会脱口而出："三毛！"结果，在一百个被抽答者中，只有九个人回答正确，正确率只有百分之九。

在日常生活中，我们也常遇到这类事，一辆满载货物的卡车要通过一座限高的涵洞，卡车的高度只比涵洞高几厘米。通常有着丰富驾驶经验的司机不是选择绕道而行就是选择先下货，通过涵洞再重新上货。而站在一旁的路人看到鼓鼓的车胎，忍不住对汗流浃背的驾驶员说，你把轮胎气放掉一些不就可以通过了吗？果然问题就这样得到了解决。在卡车司机的眼中，他所考虑的只是车上的货物与前方的道路，而忽视了轮胎的高低。

思维是人们长期以来养成的一种既成的习惯定势。许多在我们看来本身就是一成不变，甚至千真万确的事情，其实往往就是最大的错误。天是蓝的，水是绿的。这些认知在人们心目中早已根深蒂固，但殊不知，这些诸如此类的描述，却只是千百年来，文人墨客所缔造的一个个美丽的错觉与假象。很多人没有想到，倘若是阴雨天、黑夜或者水质受到了污染呢？所以，更多的时候，需要不断审视和怀疑自己。标新立异与墨守成规只有一步之遥。在高山危巅上行走，进一步，也许海阔天空，也许粉身碎骨；退一步，也许峰回路转，也许裹足不前。人生之路非进则退，用另一种思维去用心解读，沼泽可变坦途，视线穿过浩瀚的沙漠，前方就是绿洲。

错误的思维正如树上的毒瘤、心灵中丛生的野草。跳出习惯的羁绊，你就发现和读懂了自我。走出了思维的误区，你就迈向了成功。

打开心灵那扇窗

生活中，难免有太多的挫折与遗憾。

所以，更多的时候，我们总是人为地将自我的心灵封闭。将记忆尘封，抑或将情感深埋心底；将寂寞独享，将苦闷独尝。一任心绪的沉重并且自我煎熬、艰难跋涉。

面对西天的云彩与泛红的落日，孤独的心，总会平添一丝惆怅与无奈，以至于，把生活描绘成一泓没有生机与波澜的死水，将玻璃窗上缓缓滑落的雨水，想象成泪滴。

人生不仅是经历，更多的却是经历之后的后悔与回忆。面对昔日的失落与伤痛，我们往往选择咀嚼或淡忘，并且关上心灵那扇沉重的窗。可是，像著名诗人洪烛所言，咀嚼痛苦你就能走出痛苦吗？选择遗忘你就真的能够做到遗忘吗？

咀嚼痛苦是对昔日的惩罚，选择遗忘则是对现实的一种逃避。

关上心灵的窗户，你就关上了倾听与倾诉；关上了心灵的窗户，你就拒绝了渴望与关怀。

其实，这个世界，需要不同的审视与发现，幸福与磨难也应该从不同的角度去揣摩与品读。一扇人为设置的窗，将阻隔窗外的许多美好景致。只要我们有足够的勇气，拉开那扇厚重的窗帘，打开窗户，外面难免会有阴雨霏霏，但雨过天晴，同样也会有鸟语花香、风和日丽。

外面的世界很无奈，外面的世界也很精彩。这是对窗的一种真实写照与诠释。只有读懂了窗外的世界，我们才敢于走出无奈，并且活得精彩。

人生有过去与未来，而我们能真正把握的却只有现在，不要因为过去而把自我苦苦隔离，不要因为失意而将自己刻意封闭。对于在荒原中行路的人来说，可怕的不是满眼尽是沙漠，而是心目中没有绿洲的存在。任何时候，都不要将心灵之窗关闭，刻意将自己尘封，别人将永远无法开启。

打开心灵那扇窗，呼吸一下外面的新鲜空气。让沉寂的心灵吹吹风，你将有许多崭新的认知与发现；打开心灵那扇窗，晾晒一下潮湿的心情，让温暖的阳光照射进来，你将会走出连阴的雨季。

打开了心灵的那扇窗，你就走出了尘封的记忆，并且拥有了一个崭新的自己。

最美的笑容

　　一家知名网站，搞了一个图片大赛，主题是：最美的笑容。

　　由于题材不限，再加上奖金丰厚，一时间，参加者如云，参赛作品也是五花八门：有母亲低头喂乳婴儿，有姑娘笑靥如花，有花甲老人笑容如菊花般盛开，更有甚者，搬来了明星的婀娜多娇与搔首弄姿。

　　然媒体对此却鲜有报道。即便于我，起初对这次活动的结局也不甚看好。认为，无非是炒作、选秀一类的形式罢了。大赛历时半年，经过大众无记名投票，以及大赛专家组与评委的艰难筛选，最终的结果，任何人也不会想到，竟是柔道运动员冼东妹获得奥运冠军时的一张照片。

　　那张照片，我看过。是一个知名记者拍摄的。抢拍的背景与角度都很好。在不少网站与纸质媒体均有转载。冼东妹身着蓝色柔道服，脸色略显蜡黄，身材瘦小，头发蓬乱，双手紧握，分开，高高举过头顶。但那种笑容确实是震撼人心的：疲惫中透着不屈的表情。特别是满脸汗水，愈发显出，那块金牌的弥足珍贵与异样的荣光！

　　最初，像绝大多数人一样。对这样的结果，我同样感到不可思议。便再次打开了那个网站。

冼东妹，来自广东肇庆，2004年雅典奥运会的冠军。2007年年初，在教练和家人的鼓励之下，冼东妹果断决定，复出参加2008北京奥运会。彼时，孩子才三个月，嗷嗷待哺。她抹干了眼泪，强行断奶，把带孩子的任务，全盘托付给了丈夫，头也不回，毅然决然，重新回到了训练场，参加体能恢复训练。临近比赛前夕，又进行了近乎残忍的减肥训练，两个月，瘦了11.3公斤，达到了52公斤级的标准体重。跌滚翻爬，两年未见母亲，可见训练的艰辛程度。

赛场上，冼东妹表情极其严肃，极少见到她的笑容，相反，更多的是看到她凶狠霸气的目光，满头满脸的汗水，不断地摔倒，又不断地站起。

在冼东妹的运动生涯中，曾经两次受伤，左膝膑前十字韧带严重断裂、用三只钢钉固定，双膝半月板全被扭成碎片。在她的膝盖里，至今还留着两枚钢钉。两次大手术，两次重新复出，她用自己的艰辛与顽强不屈，十七年磨一剑，最终，在淘汰赛中一举击败朝鲜名将安今爱，成功卫冕冠军世界杯赛女子52公斤级的柔道冠军。

"孩子很小，还不懂事，但我想她是有点明白的。虽然任由我抱着，虽然知道我是谁，但始终没有正眼看过我，也不肯开口叫我。我想她是在生我的气，可能觉得妈妈离开那么久都不理我。她过了两三个小时才对我亲热起来，也终于肯叫我妈妈了。"说这话的时候，冼东妹声音哽咽，有泪水打湿了她的眼眶。

也许，作为母亲，冼东妹不是一个合格的母亲。当她站在最高领奖台上，手捧鲜花、奖牌，慷慨激昂，高唱国歌，她用泪水融化了所有相思、离别和煎熬之苦；也用坚毅不屈的笑容，代表了中国的力量，征服也感动了世人。

冼东妹的笑容不是来自面孔，而是发自内心、源自肺腑！这是几名评委的一致点评。我想，这也是在数千参赛作品中，冼东妹的照片最终能够脱颖而出的主要原因。

原来，这个世界上，最美丽的笑容不是来自华丽的外表，而是源自奋斗与自强不息，更有为国争光的荣耀与自豪。

对自己微笑

前些日子，去拜访一位朋友。

一进公司大楼，迎面就见一方大玻璃镜。实木裱框，擦拭得一尘不染。不解，就问，这种风衣镜似乎只适合机关，你怎么也搞这个？

朋友笑笑，回答说，几年前，公司陷入了困境，100多号员工，走了近大半。几年的心血啊。真的，是生死存亡呢。那段日子，连死的心都有。整天苦着脸，不知道每天的日头何时升起，那个苦啊。回到家里，也是瞅着什么都不顺眼，差一点和老婆闹离婚。直到有一天，老婆再也无法忍受，一声怒喝，唤醒了我。

"嫂夫人什么话，有此威力？"我刨根问底。"照照镜子，看看你那德行！"朋友笑了笑，用很感慨地语气说，那一瞬间，他几乎彻底崩溃，是啊，全世界，任何人都可以瞧不起他，但，唯独自己老婆不行。朋友跑到洗手间，果然，镜子中，是一个颓废的中年人，头发蓬乱，衣衫不整，记不清，多长时间没有照镜子了，朋友几乎认不出镜中的自己。

"是老婆的一句话，把我从睡梦中彻底骂醒。"是啊，照照镜子。这样哭丧着脸，不要说客户，连员工和自己的老婆都难以忍受，怎么可能重新崛起？从那一刻起，我剃掉胡须，打起领带，像彻底换了一个人。真的，那个晚上，对着镜子，一遍一遍，我重新学会了微笑，不仅对他人微笑，也对自己微笑。

"要想得到微笑，首先要播撒笑容到别人心里，而这前提是，自己心里要有阳光！"朋友这样归结他的成功。我想，朋友说的微笑，广义上来说，应该是一种信念与坚持，一种对生活乐观包容的态度。

生命中，难免有太多的曲折与无奈。朋友的话，使我想到文友小梅。原本，清清纯纯的一个女孩子呀，却患了红斑狼疮。更为不幸的是，在该病中，有近三成的病人不能见阳光，而小梅正是这其中的一个。医生曾断言，她顶多只能活半年。那无疑是一份死亡判决书啊。小梅的父母，已背着小梅，眼泪一把，鼻涕一把，偷偷准备后事。即便是我，也认为小梅的世界将由此走向黑暗。却不，每月一次的化疗，小梅几乎掉光了头发，而且，每天要服用80多颗药片，但她依旧微笑着，面对生活。好几次，我去探望小梅，离病房老远，就可以听到她悦耳的歌声。四年下来了，小梅依旧身体硬朗。病榻中，小梅共写下了60多万字的散文随笔，其中《假如生活欺骗了你》、《对生活微笑》等还获得了市政府颁发的银奖。如今，小梅正组织了一个"癌友会"，她要用自己的笑声为更多患者带来希望。

小梅说，对别人微笑，很容易，这个世界，最困难的事情，就是对自己微笑。

这个世界上，任何事情总是相辅相成的。很多时候，一种叫做生活的东西，彻底麻痹了人们的心情、表情。殊不知，生活就像是一面镜子，你若对它皱眉，它也会给你一张愁苦的脸；反之，你对它微笑，它必将反馈出你迷人的笑容。

微笑的力量

　　一日到某公司交费，遇到一件很恼火的事情，但前台的服务员任凭我如何发火，却总是面带微笑，不厌其烦地解释。一件很简单的事情，也许并不值得一提，但我的愤怒就这样被微笑消除殆尽。最后我心满意足地走出了那间公司。

　　很多时候，一种叫做生活的东西，模糊了人的视线，也麻醉和疲惫了人的面部表情。人们吝惜了微笑，或者更确切地说，是忽视了微笑。

　　卡耐基说："微笑，他不花费什么，但却创造了许多成果。他丰富了那些接受的人，而又不使给予的人变得贫瘠。他在一刹那间产生，却给人留下永恒的记忆。"

　　微笑是一种表情，微笑更是一种力量。蒙娜丽莎之所以风靡于全球，完全得益于她那扑朔迷离的笑容，征服了全球数以亿万计的各种肤色的人。微笑没有国界，无论肤色，也无所谓语言的隔阂。微笑可以跨越时间、空间甚至是距离。贵妃回眸一笑百媚生，留给人们千年的想象和回味。

　　微笑是宽容，微笑是含蓄，微笑是鼓励，更是一种动力与支持。美国旅馆大王希尔顿有一句名言："今天，你微笑了吗？"也正是因为这种独特的经营理念，他所创立的国际希尔顿旅馆有限公司，从5000美元起家，现在全球已拥有200多家旅馆，资产总额达数十亿美元，每天接待数以十万计各国旅客，年利润达数亿美元，雄踞全世界最大旅馆榜首。

要想得到温暖，首先要散布阳光到别人心里。世界上任何事情总是相辅相成的。生活就像是一面镜子，你若对它皱眉，它会给你一张愁苦的脸；你若对它微笑，它也会反馈出你迷人的笑容。

在一个战场上，堆积着成堆的尸体，一个战士举起刺刀对向一个幸存的异国小女孩。但小女孩面对刺刀，眼里所表现出来的没有恐惧，她只是微笑着面对那闪耀着刺目光辉的刺刀。在无声的对峙中，最终她的微笑战胜了那个战士。使他良心发现，放下了屠刀。这就是微笑的力量。有时候，微笑可以战胜一切，包括死亡。

微笑是一种无声的语言。对别人微笑是一种尊重与理解，对自己微笑是一种轻松与善待。微笑可以消融隔阂的寒冰，更可以缩短有形和无形的距离。当你艰难困苦时，不要哭泣，微笑一下，消融内心的阴霾，告诉自己风雨过后，方有彩虹；当你春风得意时，同样微笑一下，作为对自己的奖励。但这微笑绝不是哈哈大笑，微笑是一种冷静的思考，微笑里没有得意忘形，风平浪静的时候更需要提防激流与险滩。

微笑是一种睿智，是一种海纳百川的宽容与理解。微笑是一种自信与领悟：叶落归根，是亲吻而不是飘零；落英缤纷，是孕育而不是伤逝。微笑可以穿透黎明前的黑暗，使酷暑变得清凉。懂得微笑的人才能读懂生活的真正内涵，并且敢于直面惨淡的人生。

牵牵嘴角，一个小小的动作，能使你从失败步向成功。牵牵嘴角，一个无声的语言，能使你于沙漠中看到绿洲。

倒一杯水

一个寒冷的午后，我去拜访一位老局长。

老局长的办公室不大，布置得却极为雅致，墙上几幅自己手书的字画，梅韵松竹间，极其赏心悦目、清淡雅致。老局长很客气地招呼我们落座。沙发很舒适，是做下去软软深陷的那种。我们刚坐下，局长说了声，失陪片刻，就起身提起了桌子旁的水瓶出去了。正诧异间，同行的一位朋友悄悄告诉我，这许多年间，老局长不用秘书，只有一个办公室主任，负责文案的整理。打扫办公室与擦拭桌椅，扫地、冲开水、擦窗户，凡事必亲力亲为。

说话间，老局长已冲来开水。从柜子里拿出几个玻璃杯子，用开水冲洗干净，取出茶叶，给我们各泡了一杯茶。我接过杯子，暖暖的，有白色的水汽冉冉地飘起。杯子中，绿色的茶叶在缓缓地舒展沉淀，整个办公室间萦绕着茶叶的淡淡清香。我端着杯子，手心里有一股暖流，继而传遍全身，谈话就在这一杯水的极其愉悦温馨的氛围中进行。

说实话，因为工作的关系，我去过不少厅局长的办公室，但像老局长这样平易近人的不多。即便单从空间来说，我所见过的办公室大多豪华宽敞，窗明几净，有专门的秘书垂首而立，端茶倒水。

而局长亲自给来访的下属倒水，我还是第一次看到。问题很快得到了解决，在起身的那一瞬间，老局长起身和我们一一握手告别，我无意间看到了老局长电脑保护屏上跳动的两个字：奉献！这两个字，从那种角度，很少有人看到。但许多年来，老局长却做到了，这是一种警示与鞭策。更是老局长多年来关心下属、凡事亲力亲为的生动写照。

回去的路上，和朋友谈及此事。无不感触，像端茶倒水这样的小事，在待客之道中，也许是再平凡不过的。就像见了面，点个头，打个招呼，握个手一样，普通到根本不值得一提。但现时，在领导的办公室间，却大多是赫然立着一个落地的饮水机，一人高左右，豪华而气派。旁近有一两扎印刷精美的一次性纸杯，有需要的尽管自己来，但来访的大多是下级或有事相求的群众，真正有这种勇气与魄力的，不多。"自己动手，丰衣足食"这一传统古训，在或大或小的挂了职务或级别的办公室间，被刻画得入木三分，发挥得淋漓尽致。洗个杯子，泡一杯茶，甚至倒一杯白开水，在豪华舒适的办公室早已近乎绝迹。深陷于舒适豪华大椅中的领导，面前所摆放的多是双层的磁化老板杯，以俯视的姿态傲视来者，高高在上、盛气凌人。殊不知，正是这种傲人的姿态以及老板杯与一次性纸杯在质感和视觉上那种强烈的对比，才无形中拉远了自己与来访者的距离。

其实，很多时候，给下属倒上一杯水，举手之劳，却更能体现领导的关怀与体贴。即使是平级与朋友间，倒上一杯水，放上一小簇茶叶，不仅可以抵御严寒和酷暑，也是一种温情的传递与流淌。

倒一杯水，再平凡不过，但多少人能够真正做到？

为别人挑刺

　　我有一个朋友，心直口快，属于实话实说、口无遮拦的那种。

　　我和他外出多次，每次都有几多尴尬的事情发生。

　　一次，在车站，熙熙攘攘的人群中，一个女孩略施粉黛，着超短裙，足蹬高跟鞋，款款地走过来。小城里，这样新潮入时的装扮，不多，自然吸引了众多的目光。幽香过处，大煞风景的是，女孩腰部以下有一处鲜明的绽线，露出白皙的肌肤。这种事情，自然能躲即躲。但出乎现场所有目击者的预料——朋友紧追了几步，告诉女孩："小姐，你裙子后面开线了。"那个女孩顿时面红耳赤，骂了一句神经病，双手紧捂开线处，匆匆走开。

　　还有一次，一个中年妇人从超市出来，我和朋友正准备入内。人海茫茫，本来已与那个妇人擦肩而过，不会有任何故事的发生。但朋友偏偏折回头，很善意的告诉妇人："大姐，以您这种较胖的身材，不适宜穿横条纹的裤子，竖条纹会显得消瘦一些。"妇人头也不回，抛出一句："你有毛病啊。"见我捂着嘴窃笑，朋友很不解："我只是说出了自己的真实想法，为什么这么多人不理解？"

　　别人吐口痰，他会上前阻止；别人闯个红灯，他会和别人讲交通安全的重要性，就是这样一个与现实格格不入，与周围环境极不融合的人，没少遭到亲戚朋友的白眼，老婆甚至以离婚相要挟。据说，有一次，还差点遭到一个鲁莽大汉的"修理"，但朋友却历经磨难不改男儿本色，依然一如往昔。

在小城，朋友的行为被称之为挑刺，也有"鸡蛋里挑骨头"之说，总之，多少带点贬义。但我不这样认为，刺扎在肉里，时间久了，只会化脓感染，并逐渐病化为鸡眼。挑刺者，虽然会带来肌肤的一时之痛，却有效地预防了顽疾的产生。

不见朋友已多年。听说，朋友专门组织了一帮人，成立了一个专为别人挑刺的公益组织，还开设了专门的论坛。不仅仅挑刺别人的衣着与外观，还包括自己留给别人的印象与感知等。后来，逐渐发展到挑刺企事业单位与政府部门，据说参与者众多，在我当初居住的小城已初具规模，达到了人人尽知的地步。

很多时候，真理与谬误的距离往往近在咫尺。这个尘世，更多的人喜欢恭维，自以为是，并且张扬自己的长处。许多缺点，犹如衣物上不小心落上的灰尘，其实，只要轻轻拍一拍，就可以去掉，但好多人却宁愿披着它招摇过市。一旦有人指出了，虽然表面上有所不悦，在内心里终究会潜移默化的，受到影响，并且慢慢改正过来。

为别人挑刺，需要果敢与勇气，也极容易遭到别人的误解。但假如生活中多几个像朋友这样的人，这个世界，终将会少一份虚伪与奉承，多一份纯真与美好。

感谢误诊

朋友小吴给我讲了这样一个真实的故事。

四年前，他到一家小医院体检。那时候，他和妻子正挣扎在离婚的前夜，以及无休止的冷战中。不知是由于休息不好，还是过度疲劳，小吴的胸口总是感到莫名的疼痛。

当小吴站上了那台仪器，在透视架的上下移动中，便感觉到医生语调的异样。在病历上，小吴看到那个鼻梁上架着一副老花眼镜的医生，龙飞凤舞，写下了这样四个字：疑为肺癌。

刹那间，天旋地转。小吴说，对于死亡，自己真的从来没有想过，但当死神就这么突如其来，一下子降临到自己身边的时候，真的令自己猝不及防了。小吴已记不清自己是如何走出那家医院，如何走回家的，只记得，那个医生强烈建议他住院接受治疗，否则，像他肺部那么大的阴影，最多只有半年的存活时间。

半年，小吴在头脑里飞速的转着，也就是说，只有两千多个小时，他就将从此离开这个美丽的世界，离开妻子和可爱的儿子！第一次，小吴开始留意起这个他忽略已久的世界。原来，天空可以这么湛蓝，空气可以这么清新，活着竟是这样美好！只不过，遗憾的是，长期以来，自己竟一直没有发现，更没有去好好珍惜！

那天，小吴和妻子第一次没有争吵。小吴觉得愧对妻子，他决心隐瞒妻子，而且，拮据的家庭也不允许他复诊、治疗。从此，小吴戒掉了赌瘾。只要一下班，就帮妻子做饭、洗衣服。儿子调皮，他再也不会动粗，儿子放学，小吴会抽出时间，辅导儿子的功课。每个周末，陪妻子到附近的公园散步，他知道自己已没有多少时间陪伴妻儿了。有时候，小吴甚至觉得自己很残忍，把儿子带到这个世界，自己只能陪伴他十几年，今后还有许多未知的挫折和磨难，儿子要一个人，用柔弱的肩，独立去面对。还有好长好长的一段路，要儿子一个人走下去。

那段日子，小吴写好了遗书，劝妻子改嫁，希望儿子长大成人，字字句句都是对妻儿的愧疚。说这话的时候，我听出了小吴哽咽的语气。

半年后，小吴单位组织体检。站在透视机上，他再次感觉到医生目光的异样。反复几次，医生问小吴："你口袋里是不是装有什么东西？肺部怎么有一个圆圆的阴影？"小吴如梦方醒：一块祖传的铜钱，这许多年他一直别在上衣的口袋！半年来，他也真的像做了一场噩梦。

"那你为什么不找那家医院索赔呢？"我疑惑地问。因为，按照规定，小吴完全可以向这家医院提出精神损失费、误工费、交通费等多项索赔，但小吴却没有。

"如今，妻子对我很好，儿子也上了市里一家最好的高中。"说这句话的时候，小吴目光里透出幸福和喜悦之情。小吴接着说，从某种意义上来讲，他应该感谢那次误诊，是那个庸医，给了他第二次生命的感觉，并且开始用一种崭新的姿态，重新审视自己的人生。

很多时候，幸福就在我们身边，只不过是我们没有用心去把握和发现。我想，这句话应该是小吴最好的心得。

再坚持十秒钟

做消防员的朋友给我讲了这样一个真实的故事：

那是一个冰天雪地的严冬，他们接到一个营救电话，说是一个人从山峰不慎坠下悬崖，在坠落过程中，所幸被山岩上的树枝挂住。

险情就是命令，当朋友和战友火速赶到现场，现场的景象不由得让他们倒吸一口凉气——由于气候寒冷，再加上惊吓过度，坠崖那个男人满脸是血，瑟瑟发抖，双手紧紧抓着一棵细细的树枝，树枝已经出现开裂，随时都有再次坠落的可能。一个女人在地上哭得呼天喊地，一把鼻子一把眼泪，并抱着消防员的腿，呼喊救命。消防员用喊话筒在安抚那个男人的情绪。并劝慰那个女人不再哭喊，这个时候，任何的悲观情绪和惊叫，都会影响坠崖者，影响救援。

由于情况紧急，爬上去，根本就来不及，而且山高陡峭，气垫铺设的角度也无法接住坠崖者，消防队不得不紧急借用了部队的直升机。一个勇敢的消防队员，腰系安全带，稳稳地从地面升上了天空。但由于崖面凹凸不平，许多次努力，消防员根本无法靠近坠崖者。无奈，指挥只能用对讲机通知消防员，选择最近地点紧急着陆。

时间一分一秒的过去，消防员在崖面上一点点向坠崖者靠近。现场的气氛浓重、沉寂，每一个人的心都提到嗓子眼，只有那个女人捂着嘴，不时传出几声哽咽。

突然，那男人叫了一声："不行了，我的手没有一点力气了，救命！"随即，一只手从树枝上滑下，只剩下一只手，死死地抓住那支救命的树枝，整个人的身体呈倾斜状，在半空中摇晃。指挥急中生智，喊道："再坚持十秒钟，我们的消防员正在靠近你。"在指挥的示意下，全场拉长了声调，喊起了一二三四五六七八九十。十秒钟，像漫长的半个世纪，当消防员的双手稳稳地抓住了坠崖者，并迅速在他腰上扣上安全带，全场爆发出一阵雷鸣般的掌声。

三个多小时的垂死挣扎，男人终于成功获救，但真正扣人心弦的，却是最后那十秒钟的坚持。

"当你实在坚持不下去的时候，你就坚持下去好了。"这是捷克长跑健将萨托皮克获得奥运会一万米长跑冠军的秘诀。很多时候，人生行路，最可怕的，不是满眼浩瀚无边的沙漠，而是心目中没有绿洲的存在。像那个坠崖者一样，即使身处绝境，依然告诉自己，我行。再坚持十秒，也许前方就是柳暗花明。

走别人的路

　　世界上的路，千奇百怪。有崎岖不平的羊肠小路，有平坦如砥的康庄大道；有步向成功之路，有自取灭亡之路。有形的，无形的，总之，一句话，应有尽有、无所不包。

　　鲁迅先生曾经说过，世上本没有路，走的人多了，也便成了路。这句话是对路的深刻内涵的一个精辟的概括。其实，路本是无所谓有，无所谓无的。至关重要的是从没有路的地方，冲破荆棘的阻隔而开辟出路。从无人探径的途径寻找成功。

　　很多时候，我们人可没有必要去模仿重复，拘泥于现状，并且踩着别人的脚印，你可能永远也走不出新的足迹。人生之路，贵在进取探索。对于荒野中行路的每一个人，可怕的不是满眼尽是沙漠，而是心目中没有绿洲的存在。其实，无论做什么事情，都要有一个详尽的奋斗目标，并恰如其分的选择与之相关的途径，这个途径，就是通常所说的路了。

　　漫漫人生，漫漫征程。生命不止，奋斗不休。叫做失败，是你屈服于生活；叫做成功，是你敢于挑战生活。在人生行路中，重要的是看你如何不被生活所改变，而是勇敢地改变自己的生活，在泥泞中站稳自己的脚步，在绝望中学会拥有希望。人生有尽头，而进取之路却没有终点。脚，便是检验这一长度的唯一尺码。

很多年以来，人们习惯了听但丁的话——走自己的路，让别人去说吧。殊不知，人无完人，而且你也不是开天辟地的伟人。这个世界，毕竟是无数平常人的世界，无数的平常人在组成和改变着这个世界。借鉴一下别人的成功有时也未尝是一种坏事。有一位女囚，在行刑前说了这样一段话："曾经蒙了一双眼睛，在高山危巅上乱走乱闯，还自以为走的是一条终南捷径，殊不知，再前进半步，便是粉身碎骨了。"很多时候，我们选择走自己的路，也必须思考一下别人的成败与得失。不畏缩，但也绝不能武断行事；不退却，但也绝不能盲目追从。一味地强调自我，肯定自我，有时候只会让你钻进一条思想的死胡同，并且无以自拔。

走自己的路，无路可退时，你也可以尝试一下，走别人走过的路。关键是，不要沿着他的脚印一直走下去，也许中途就有捷径。柳暗花明、豁然开朗只是在你不经意的一瞬间。

走自己的路，要有所思索，汲取自己失败的教训。

走别人的路，要有所发现，借鉴别人成功的经验。

路，就在自己的脚下。人生的十字路口，当我们实在感到迷茫，并且无所适从的时候，不妨试着改变一下，走别人的路，让自己去说吧。

在心头植一棵树

儿子出生前，母亲就不止一次地叮嘱："种一棵树吧，你出生的时候，娘就种了一棵，长得好着呢。"

我知道，母亲说的是出生树。看着母亲虔诚而专注的表情，一种潮湿的东西在心头汇集，儿时的场景，便稍稍拐了个弯，穿透岁月，绵软而来，——那是我很小的时候，院子里就有那么一棵，和我差不多高的，像我一样纤细瘦弱的槐树。乡下，种出生树也许出于一种习俗，由来已久的，是父母企盼儿女健康成长的一种美好夙愿。所以更多的人家，都是选择一些容易成活的树种。

院子里，全是黄土，像日子一样贫瘠没有生机。依稀记得，母亲在农忙之余，总是不忘给小树浇水、施肥。母亲生性随和，从不与人争吵，只有一次，邻居家的小孩折了一棵槐树的枝，母亲狠狠地斥责了他。时光流转，当小槐树渐渐地长高，我也终于求学异乡，为了生活而四处奔波，并且结婚生子，远远地离开了那片养育我的土地。

前些日子，回到阔别多年的老屋。小院依旧，但那棵记忆中的小树，却早已苍劲挺拔，翁笼葱郁，长了有数丈高了，枝叶间，一串串槐花奶白如珠，如玉般倒挂，摇曳了一树芬芳。

农村里，沟渠野壑、门前屋后，这种出生树多着呢。可是，于城市中植一棵树却非易事，一是城市寸土寸金，需要选择合适的土地，二是寻找树苗。但为了母亲的叮咛，我还是开着车，寻了无数个地方，但不是即将拆迁，就是不让栽树，人家说，哪里需要栽什么树，都是园林部门规划好的。正一筹莫展中，有好友告知，某情侣园正在开展植树日活动。于是早早报了名，并托一位搞园林的朋友捎来树苗，在儿子出生那天，我挖坑、培土，亲手植下了一棵指定的松树。按照规定，树上，可以拴上一张卡片。我规规矩矩的写上了儿子的出生年月与名字。

每个周末，无论狂风暴雨，我总是开了车，和妻一起，抱着儿子，从城南到城北，迢迢的，只为去看一眼植下的松树。时间久了，对那树也依稀有了感情，就像家庭中有机的一个分子，不可或缺。我把树拍了一幅照片，放大装裱在客厅。儿子稍稍大了些，我对儿子说，这棵树，是和你同年同月出生的，爸爸希望你像松树一样，健康快乐茁壮成长。说这句话的时候，眼前不由浮现出一株高大挺拔的槐树，白发瘦小的母亲在槐树下窃窃私语、翘首企盼。儿子，不就是许多年以前的我的翻版吗？像母亲一样，我把对儿子的爱，也深深融入了那棵逐渐长大的松树。

很多时候，爱，不仅是一种牵绊与祝福，更是一种奉献与守望。儿子还小，很多话我没有对儿子说，儿子也不可能完全听懂。其实，为人父母的，谁不希望自己的儿女能够像树一样茁壮成长，将来成为栋梁之材。即使不能够长成参天大树，也一样能够免遭病虫的侵害，郁郁葱葱，枝繁叶茂，并且开花结果、繁衍不息。

有的树，像一枚种子，不是长在地头田间，而是深植在心头。凡俗的尘世，有了叮咛与渴望，即使于贫瘠、荒芜中，日子也将少一分枯燥，多一分生机，希望也终将破土而出。

俯下身，与儿子平视

儿子9岁，上小学三年级，属于特顽皮好动的那种。走路蹦蹦跳跳，上课东张西望，成绩一般，孩子的妈妈又远在异地，在孩子的教育上，我没少烦心。

这个期中考试，儿子放学后，耷拉着脑袋，惴惴地从书包里摸索出三张试卷。按照惯例，我知道儿子考的肯定又不是很理想。接过来一看，果然，红红的"×"号，密密麻麻，杂乱无章。三门功课，两门是七十几分，一门居然刚刚及格。第一次，我如此冲动，拖过儿子，在儿子的屁股上狠狠打了几巴掌。儿子号啕大哭，我站在一旁，依旧余怒未消。

接下来的几天，儿子见了我，话也少说，只是怯怯的，躲向一旁。说真的，儿子长这么大，我第一次真正打过他。这个周末放假，我决定带儿子去中山陵景区游玩，一是开阔一下儿子的视野，二是为了弥补一下自己的愧意。

一路上，儿子极其开心。如水的人流中，我们拾级登上钟山的南麓，但见群山掩映，丛林尽染。我拭了一下额上的汗水，递给儿子一瓶矿泉水，儿子似乎还记得那天的切肤之痛，噘着嘴，一副爱理不理的样子。"儿子，你看到了什么？"我没话找话。"我看到那个叔叔风衣上的两粒纽扣。"儿子指了指前面，这回答大大出乎我的预料，本来，我以为儿子一定会描绘一下雾霭中的远山，以及满山的苍松翠柏、郁郁葱葱。我俯下身来，可不是，密集的人群中，从儿子的角度，根本就看不到我眼中的所谓风景。儿子依旧欢呼雀跃，一路小跑，拾级而上。但彼时，我却停下了脚步。看着儿子小小的背影，第一次，我有了一种深深的触动。这触动不仅缘于我用粗暴的行径对待儿子。原来这几年来，我一直鲁莽的用自己的标准和方式来要求儿子。并且望子成龙，自以为是，殊不知，我却从未真正了解和走进儿子的内心世界。

儿子常从灌木丛中发现美丽的七星瓢虫，我却从未真正观察过地上爬行的蚂蚁。很多时候，我们没有必要强求别人。每个人的出发点和视角有所不同。正如长期以来，我对儿子的严格要求，一直是个美丽的错误。作为成年人，我们看到的可能是巅峰上的树木。而作为一个孩子，他所看到的，也许仅仅是风衣上的两粒纽扣。

晾晒一下根须

　　万籁俱寂的夜晚，我常常在灯下，一个人，面对着屏幕，噼噼啪啪，敲打出一些豆腐块般大小的文字。久了，视力也下降得厉害。一个文友建议，在案头养一盆观叶植物吧，一是可以防止电脑的辐射，二是养眼。文友说的养眼就是保护视力。

　　这个周末，我赶到了花木市场。在花农的推荐下，选了一盆宝石花。花农介绍说："这种植物喜旱，无需经常浇水，不管不顾，好养着呢，植株长得太高，还可以插剪。"其实，这也是我选择宝石花的主要原因。"是不是剪下来，直接插到土里，就可以成活？"我不解地问。"不是，要在太阳下晾晒好几日呢。"花农继续解释："像宝石花插枝，可以选择颜色深一点的叶子，最好是带有根须的叶茎，在阳光下晾晒几日，等枝叶蔫了，充分散发水分，才能扎出更多的根须，更加适应新的环境。"第一次，我才知道，原来，生命不仅需要呵护，有时候还需要人为地修剪、制造磨难。而且，看似如此美丽娇弱的宝石花，竟有着如此之强的生命力！

　　前些时候，看了一个电视访谈，讲的是某"行走学校"。该校独特之处在于，以6辆卡车为校舍，徒步征途为课堂，实行全封闭军事化管理，"一千里路定人生"。白纸黑字，签着：对违反校规的孩子，可以实行轻微的体罚。镜头上，更多的是孩子脚上的水泡与血迹。那种艰辛，莫说孩子，大人也受不了。逃出，再被送入。经过艰难的长途跋涉后，许多孩子与以前相比简直判若两人。最让人感动的，莫过于一个妈妈长跪在校长的面前，哭诉着曾经抽烟喝酒、举刀相向的儿子终于改邪归正。

上面的话题，是关于问题少年的，也曾引起不小的争议。日常生活中，恐怕没几个家长能够真正做到。在我居住的地方，有一个号称"鹰的团队、鹰的个人"的学校，学费两万多一年，属于典型的贵族学校。一到放学，校门口人头攒动，马路两旁两列车队，多是奔驰、宝马等名贵车型。孩子们大约十六七岁光景，或许是伙食极佳的缘故吧，白白胖胖，个头大都和我差不多。家长们手里提着孩子需要换洗的衣服被褥，肩上背着厚重的书包。一边走一边低下头或仰起头，问孩子，吃得好吗？钱够用吗？衣服不用洗，积下来，一起带回家，等等。孩子们则空着手，欢呼雀跃，看得出那种表情是极其幸福的。来到车前，家长腾出一只手来，倾斜着身子拉开车门，然后轿车在拥挤的车队中蛇一般蜿蜒前行。

很多时候，目视着一辆辆离去的豪华轿车，我有一种深深的感触：这些家长，有几个真正舍得让孩子在烈日下晾晒一下根须？我不知道，这些号称"鹰的个人"的孩子，在如此细致入微的精心呵护下，将来如何像雄鹰一样振翅高飞，自由翱翔？

秦淮古意

一个黄昏，友人相邀，乘舟夜游秦淮。

夜幕褪去了白日的喧嚣，一弯新月垂在枝头。我们从文德桥登上画舫，一路伴随着船尾潺潺的水声，在微风拂面中，穿过一座座古老的石桥，缓缓前行。两岸青砖小瓦，马头墙巍然耸立。那些古老的建筑，于暮色中，仿佛默然肃立的旁观者，冷静地，不动声色地看着两岸发生的每一个凄婉故事与悲欢情仇。

秦淮河，古称淮水。相传，秦始皇时凿通方山引淮水，横贯城中，故名秦淮河。"烟笼寒水月笼沙，夜泊秦淮近酒家。"这是杜牧的诗句。秦淮两岸多酒肆，也是自古以来多少风流才子聚集之地。明清两代，秦淮河一派勾栏瓦肆，歌舞升平。胭脂粉香，笙歌彻夜的景象，更是代表了十里秦淮的鼎盛时期。据载，秦淮两岸"金粉楼台，鳞次栉比；画舫凌波，桨声灯影"。史上最出名的"秦淮八艳"就出于此地，不过，由于连年战火的摧毁，昔日的烟波粉尘，而今早已不复存在，只剩下钞库街中段的媚香楼，掩映在极具现代特色的钢筋混凝土建筑中，多少显得有些孤寂与落寞，这就是李香君的故居。

两岸多有古树名木，华冠如盖，树影婆娑，有冷月的清辉泼洒而下,疏影横斜,宛如一幅浓淡相宜的丹青水墨。沿青石路拾级而上,更有众多古色古香的建筑群,飞檐翘角,雕梁画栋,古雅宜人,小窗珠帘暗敛清幽。一路前行,不时有女子从雕花的窗格间探出头,衣衫飘飘,或凭栏远眺,或低眉颔首,于暮色中,定格在一个古老的背景,仿佛来自某个遥远的朝代。桃叶渡口,芳草如茵,早已隐匿了王献之当年的足迹。王谢堂前依旧盘旋的,是否是昔日的飞燕?弄堂依旧,但昔日布置和陪衬风景的人却早已作古。我们端坐于船头,犹如穿行在古与今的时空隧道间。

"城墙,城墙!"一个外地的友人惊叹道。朋友说的城墙就是台城,唐代韦庄有诗云:"江雨霏霏江草齐,六朝入梦鸟空啼。无情最是台城柳,依旧烟笼十里堤。"如今,堆烟叠雾的杨柳容颜未改,而台城的旌旗飘扬、豪华鼎盛却不复存在。居住在这个号称六朝古都的城市,久了,城墙的感觉,于我来说,只不过是古时人为制造的一种阻隔与防御。但在这个黄昏,我终于再次留意起沧桑的台城。斑驳的城砖,一排轮廓分明的"凹"字型城墙垛口,藤葛缠绕,于暮色氤氲中更是平添了几分苍凉与古意。

在这样的氛围中,三两好友围坐船头,或对月相邀,仰望长空举杯;或将画舫靠岸,拾级而上,几不胜归。真恐一不小心,走进某个古老的传说。

"许多年后,我们都将成为历史!"一个朋友发出了近乎诗意的慨叹。我们都沉默了,是啊,历史,终将会慢慢吞噬掉任何一丝古意与沧桑,以及先人留下的一切值得炫耀与自豪的痕迹。置身于这个古老的城市,相对于经历了整整六个朝代的沧桑变迁,一切的风景和过往,包括号称可以统治和改变这个世界的人类,都不过仅仅是沧海一粟。也只有在这个时候,时光才可以洗去任何一个人的荣耀与铅华,于岁月的喧哗浮躁中给你一个冷静的思考。

既然叫作朋友

其实在这个世界上，真正叫做朋友的人并不多。而真正属于你的，更是微乎其微的几个，即使在这微乎其微中，仍需要你好好珍惜，好好把握，否则，便很容易错过。

相识是一种缘分，相知是一种契机。在人生的这一驿站上，既然我们能够有幸相遇，就让我们彼此珍惜这一缘分与契机，即使岁月变迁、时光流逝，即使身陷囹圄、飘零四方，但友情却永远不会改变。

既然可以叫做朋友，就自有朋友的一番解释：是朋友就该兄友弟恭、情同手足；是朋友就该宽容忍让，不拘小节；有福不去争享，患难时则应该息息与共。叫做朋友不仅仅是口头的承诺与暂时的应付；叫做朋友不单单是宴席上的啤酒与牛肉奶酪。

有一种朋友叫做吹嘘，他把对你的帮助常常放在嘴里不停地提，说什么我对你忠心耿耿，死不足惜；说什么如何如何，颇费心机。

有一种朋友喜欢沉默，当你失意时，他会默默地替你焦灼，不断地为你创造机遇；当你成功时，他的喜悦甚至会远胜过你自己。

叫做吹嘘的，可以把他看作虚伪。

喜欢沉默的，往往是你最好的朋友。

付出了，不去标榜真诚，没有付出的时候就不要说能够付出。是朋友就应该不敷衍、不虚伪、不欺骗。在朋友的字典里，你永远也查不到尔虞我诈、唯利是图的字眼。

朋友，就是朋友。不是朋友，无论你如何强求，也不会成为朋友。

你想交到朋友，首先你要先成为别人的朋友。你想得到温暖，首先你应该先把阳光散布到别人心头。叫做朋友就不应该索取，而要多想一想给予。

其实，有的朋友得到了不一定值得庆幸；有的朋友，失去了也不全是惋惜。有的朋友可以是你一个有力的膀臂；有的朋友则会使你后悔不已。

你想交到朋友，就应该用心把握，不去苛求他的缺点与卑微，不去攀附他的权势与名威。友情无论卑薄，其实真正十全十美的人也并不多。他能够对你做以谏言，比对你刻意奉承要好得多。

你已经交到了朋友，更应该好好把握。友情不是商品，无法买卖，也无需替换更新。友情犹如美酒，愈是年代久远，便愈是甘醇可口。

朋友中的大忌，莫过于在他困难的时候，你弃他而去。在困境中你拉他一把，远胜过在他春风得意时馈之千金。

你交不到朋友，也无需失意。你可以静下心来问一问自己：我是否已经对别人真心真意。其实，朋友这个词有着很多层含义，朋友里没有勉强，更不能差强人意。他不愿意成为你的朋友便意味着他在心目中没有把你当成朋友。或因为你的不思进取；或因为你的骄傲自满；或因为你缺乏真诚；或因为你曾经失信；或因为你允诺过繁。

于是，你应该发现，你在很多方面仍有着很多的不足。你渐渐地改掉了或者克服这些缺点与不足，你会惊奇地发现——

不远处，有个朋友正在等着你。

后 记

在这每个人都扛着大包小包忙着赚钱跑世界的社会，处处充满了浮躁，处处充满着竞争。很多时候，生存的际遇，生活的重担压得我们几乎透不过气来。

我的新浪博客，有这样一段对自己过往的描述：出生在 8 分钱寄一封信的 70 年代，两度离异，三度步入婚姻殿堂。渐近四年的文化教员生活，五图河农场历经六年的农耕生涯。感情曾经七零八落，九曲回肠。十数载寒窗苦读，百无聊赖中曾把数年的宝贵青春像抛牙膏皮一样慷慨的付出。栽过稻、插过秧、吃过糠、干过装卸、包过冰棒、在洗澡堂传过毛巾、在沭阳影剧院门前卖过夜饭并曾担任过某小报副刊主编。尝人生磨难，历艰难坎坷。千辛万苦之往事不堪回首，回首唯有一片凄凉。

这绝不是渲染，也没有任何的危言耸听，曾经在相当长的一段时间，大约十数年的左右，在这许多人都魂萦梦牵的六朝古都南京，在这个钢筋和混凝土所堆砌的城市丛林中，我曾经生活在社会的最底层，没有自己的住所，没有一分钱的存款，没有一张真正属于自己的书桌。我甚至不如自己笔下的蜗牛，毕竟，蜗牛还可以在自己厚重的壳里避风遮雨，而我，为了生存，不得不先后在金盛路 69

号、中驰路 78 号租下一个沿街的小门面，藉此聊以勉强维持生计。在那一方小小空间，为了摆放货架，不得不竭尽所能，最大程度来节约每一寸的空间，也就是在厨房的上方，我用简易的三合板隔了一个十几平方米的二楼，一家人就这样挤住在一起。夏天，要忍受着高温的炙烤和蚊虫的叮咬，冬天则要备受严寒的摧残和折磨。那一段时间，我从不敢听潘美辰那首《我想有个家》，但在内心深处，我总会身不由己，总会默默地哼起潘美辰的那种令人声泪俱下的熟悉的旋律。都说男儿有泪不轻弹，在很多个夜深人静的夜晚，妻子和一双儿女渐渐进入了梦乡，每当那个时候，也只有在那个时候，我才会肆无忌惮地让自己泪流满面。

有一次，儿子扑闪着一双充满渴望的大眼睛，问我："爸爸，我们什么时候才能像别的小朋友一样，有一间漂亮的大房子？"我的人生，第一次有了无言以对的感觉。那些日子，我戴着虚伪的面具，对生活，对未来，我几乎彻底丧失了勇气，我不敢去面对任何人，包括镜子中的自我。但终于有一天，有一句话彻底改变了我。也许是一种机缘巧合，那天，我无意间在一本废弃杂志上看到这样一句话——两个人在监狱里的窗户往外看，一个只看到了地上的烂泥，另一个却看到了天上的星星。当时，我的心头似乎受到一记重击，也正是在那一刻，我重新开始思考，重新开始审视自己。我也第一次真正知道，原来，文字，居然可以如此震撼人心，并且有着这般巨大的力量！于是，我重新提起了笔，决定重圆儿时的作家梦。在每一个绝早的清晨，在每一个缀霜的黄昏，有了案头的笔耕。尽管，在那段日子，我依旧没有一张属于自己的办公桌，就是在那一张我自己用废旧铁架和木头做成的简陋的电脑台上，有了这许多沾满泪痕的励志的文字。它们不仅仅真实地记录和再现了文中主人公的拼搏和奋进，也无时不刻在感动和勉励着我自己。

在这本书里，倘若能够通过我的文字和主人公的切身经历，告诉每一个读者这样一个道理——其实，在这个世界上，没有两片完全相同的树叶，人与人之间也各不尽相同，不是每一个人都可以成为比尔·盖茨和李嘉诚，也不是每一个人都可以成为亿万富翁，那不仅需要勇气和谋略，还需要足够的几十万分之一的概率和机遇。但很多时候，通过自己不懈的努力，你可以最大程度地重塑和改变自己。并且，使读者能够从中得到启迪和警醒——那我就能感到相当的快慰了。就像著名励志作家陈亦权所说的那样，不是每一个人都可以成为作家，但最起码，文学可以最大限度地改变你的生活。

有位哲人曾说过："如果你不能成为大道，那就当一条小路；如果你不能成为太阳，那就当一颗星星，决定成败的不是尺寸的大小，而在于每天都要做一个最好的自己"

很多时候，成功的定义，就是这么简单。无论身处何种境遇，无论梦想曾经遭遇怎样的严寒，不要在乎别人如何评价，更没有必要去和别人攀比。归根结底，这个世界，终究是无数平凡人组成的世界，是无数的平凡人在创造和改变着这个世界。成功没有复制，关键是，如何在平凡的岗位中，演绎好自己不平凡的角色。很多时候，成功，就是做最好的自己。

方益松

2012 年 1 月 21 日深夜于南京江宁岔路口